雅舍小品

梁实秋散文精选

梁实秋 著

華中科技大學出版社
http://www.hustp.com
中国·武汉

图书在版编目(CIP)数据

梁实秋散文精选：雅舍小品 / 梁实秋著. —武汉：华中科技大学出版社，2018.3（2022.1重印）
ISBN 978-7-5680-3728-0

Ⅰ. ①梁… Ⅱ. ①梁… Ⅲ. ①散文集－中国－现代 Ⅳ. ①I266

中国版本图书馆CIP数据核字（2018）第023623号

梁实秋散文精选：雅舍小品 梁实秋 著
Liangshiqiu Sanwen Jingxuan: Yashe Xiaopin

策划编辑：娄志敏　杨　帆
责任编辑：娄志敏
封面设计：三形三色
责任监印：朱　玢
出版发行：华中科技大学出版社（中国·武汉）　电话：（027）81321913
武汉市东湖新技术开发区华工科技园　邮编：430223
印　　刷：湖北新华印务有限公司
开　　本：880mm × 1230mm　1/32
印　　张：8
字　　数：171千字
版　　次：2022年1月第1版第3次印刷
定　　价：42.00元

醒来听见鸟啭，一天都是快活的。

“美食者不必是饕餮客”——美食者重在食物的质，而非量。

“无竹令人俗，无肉使人瘦，若要不俗也不瘦，餐餐笋煮肉。”

『老子爱花成癖』，这话我不敢说。爱花则有之，成癖则谈何容易。需要有一块良好的场地，有一间宽敞的温室，有各种应用的器材。更重要的是有健壮的体格，和充分的闲暇。

大抵花有色则无香，有香则无色。不知是否上天造物忌全？含笑异香袭人，而了无姿色，在群芳中可独树一格。

我不要你风生虎啸，我愿你老来无事饱加餐。

目录

第一辑　雅舍品人

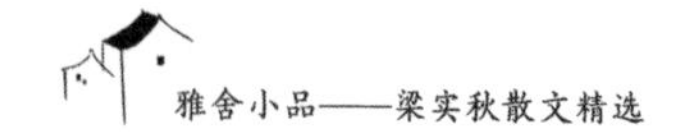

第二辑　雅舍品世

第三辑　雅舍谈吃

第四辑　雅舍忆旧

第一辑　雅舍品人

“雅舍”非我所有，我仅是房客之一。但思“天地者万物之逆旅”，人生本来如寄，我住“雅舍”一日，“雅舍”即一日为我所有。

雅舍

到四川来，觉得此地人建造房屋最是经济。火烧过的砖，常常用来做柱子，孤零零的砌起四根砖柱，上面盖上一个木头架子，看上去瘦骨嶙峋，单薄得可怜；但是顶上铺了瓦，四面编了竹篦墙，墙上敷了泥灰，远远的看过去，没有人能说不像是座房子。我现在住的“雅舍”正是这样一座典型的房子。不消说，这房子有砖柱，有竹篦墙，一切特点都应有尽有。讲到住房，我的经验不算少，什么“上支下摘”“前廊后厦”，“一楼一底”，“三上三下”，“亭子间”，“茆草棚”，“琼楼玉宇”和“摩天大厦”，各式各样，我都尝试过。我不住在那里，只要住得稍久，对那房子便发生感情，非不得已我还舍不得搬。这“雅舍”，我初来时仅求其能蔽风雨，并不敢存奢望，现在住了两个多月，我的好感油然而生。虽然我已渐渐感觉它并不能蔽风雨，因为有窗而无玻璃，风来则洞若凉亭，有瓦而空隙不少，雨来则渗如滴漏。纵然不能蔽风雨，“雅舍”还是自有它的个性。有个性就可爱。

“雅舍”的位置在半山腰，下距马路约有七八十层的土阶。前面是阡陌螺旋的稻田。再远望过去是几抹葱翠的远山；旁边有高粱地，有竹林，有水池，有粪坑，后面是荒僻的榛莽未除的土山坡，若说地点荒凉，则月明之夕，或风雨之日，亦常有客到，大抵好友不嫌路远，路远乃见情谊。客来则先爬几十级的土阶，进得屋来仍须上坡，因为屋内地板乃依山势而铺，一面高，一面低，坡度甚大。客来无不惊叹，我则久而安之，每日由书房走到饭厅是上坡，饭后鼓腹而出时下坡，亦不觉有大不便处。

“雅舍”共是六间，我居其二。篦墙不固，门窗不严，故我与邻人彼此均可互通声息。邻人轰饮作乐，咿唔诗章，喁喁细语，以及鼾声，喷嚏声，吮汤声，撕纸声，脱皮鞋声，均随时由门窗户壁的隙处荡漾而来，破我岑寂。入夜则鼠子瞰灯，才一合眼，鼠子便自由行动，或搬核桃在地板上顺坡而下，或吸灯油而推翻烛台，或攀援而上帐顶，或在门框桌脚上磨牙，使得人不得安枕。但是对于鼠子，我很惭愧的承认，我“没有法子”。“没有法子”一语是被外国人常常引用着的，以为这话最足代表中国人的懒惰隐忍的态度。其实我的对付鼠子并不懒惰。窗上糊纸，纸一戳就破；门户关紧，而相鼠有牙，一阵咬便是一个洞洞。试问还有什么法子？洋鬼子住到“雅舍”里，不也是“没有法子”？比鼠子更骚扰的是蚊子。“雅舍”的蚊风之盛，是我前所未见的。“聚蚊成雷”真有其事！每当黄昏时候，满屋里磕头碰脑的全是蚊子，又黑又大，骨骼都像是硬的。在别处蚊子早已肃清的时候，在“雅舍”则格外猖獗，来客偶不留心，则两腿伤处累累隆起如玉蜀黍，但是我仍安之。冬天一到，蚊子自然绝迹，明年夏天——谁知道我还是否住在“雅舍”！

"雅舍"最宜月夜——地势较高，得月较先。看山头吐月，红盘乍涌，一霎间，清光四射，天空皎洁，四野无声，微闻犬吠，坐客无不悄然！舍前有两株梨树，等到月升中天，清光从树间筛洒而下，地上阴影斑斓，此时尤为幽绝。直到兴阑人散，归房就寝，月光仍然逼进窗来，助我凄凉。细雨蒙蒙之际，"雅舍"亦复有趣。推窗展望，俨然米氏章法，若云若雾，一片弥漫。但若大雨滂沱，我就又惶悚不安了，屋顶湿印到处都有，起初如碗大，俄而扩大如盆，继则滴水乃不绝，终乃屋顶灰泥突然崩裂，如奇葩初绽，砉然一声而泥水下注，此刻满室狼藉，抢救无及。此种经验，已数见不鲜。

"雅舍"之陈设，只当得简朴二字，但洒扫拂拭，不使有纤尘。我非显要，故名公巨卿之照片不得入我室；我非牙医，故无博士文凭张挂壁间；我不业理发，故丝织西湖十景以及电影明星之照片亦均不能张我四壁。我有一几一椅一榻，甜睡写读，均已有着，我亦不复他求。但是陈设虽简，我却喜欢翻新布置。西人常常讥笑妇人喜欢变更桌椅位置，以为这是妇人天性喜变之一征。诬否且不论，我是喜欢变的。中国旧式家庭，陈设千篇一律，正厅上是一条案，前面一张八仙桌，一边一把靠椅，两旁是两把靠椅夹一只茶几。我以为陈设宜求疏落参差之致，最忌排偶。"雅舍"所有，毫无新奇，但一物一事之安排布置俱不从俗。人入我室，即知此是我室。笠翁《闲情偶寄》之所论，正合我意。

"雅舍"非我所有，我仅是房客之一。但思"天地者万物之逆旅"，人生本来如寄，我住"雅舍"一日，"雅舍"即一日为我所有。即使此一日亦不能算是我有，至少此一日“雅舍”所能给予之苦辣酸甜，我实躬受亲尝。刘克庄词：“客里似家家似寄。”我此时此刻卜居“雅舍”，“雅舍”即似我家。其实似家似寄，我亦分辨不清。

长日无俚，写作自遣，随想随写，不拘篇章，冠以“雅舍小品”四字，以示写作所在，且志因缘。

男人

男人令人首先感到的印象是脏！当然，男人当中亦不乏刷洗干净洁身自好的，甚至还有油头粉面衣裳楚楚的，但大体讲来，男人消耗肥皂和水的数量要比较少些。某一男校，对于学生洗澡是强迫的，入浴签名，每周计核，对于不曾入浴的初步惩罚是宣布姓名，最后的断然处置是定期强迫入浴，并派员监视，然而日久玩生，签名簿中尚不无浮冒情事。有些男人，西装裤尽管挺直，他的耳后脖根，土壤肥沃，常常宜于种麦！袜子手绢不知随时洗涤，常常日积月累，到处塞藏，等到无可使用时，再从那一堆污垢存货当中拣选比较干净的去应急。有些男人的手绢，拿出来硬像是土灰面制的百果糕，黑糊糊粘成一团，而且内容丰富。男人的一双脚，多半好像是天然的具有泡菜霉干菜再加糖蒜的味道，所谓“濯足万里流”是有道理的，小小的一盆水确是无济于事，然而多少男人却连这一盆水都吝而不用，怕伤元气。两脚既然如此之脏，偏偏有些“逐臭之夫”喜于脚上藏垢纳污之处往复挖掘，然后嗅其手指，引以为乐！多少男人洗脸都是专洗本部，边疆一概不理，洗脸完毕，手背可以不湿，有的男人是在结婚后才开始刷牙。“扪虱而谈”的是男人。

还有更甚于此者，曾有人当众搔背，结果是从袖口里面摔出一只老鼠！除了不可挽救的脏相之外，男人的脏大概是由于懒。

对了！男人懒。他可以懒洋洋坐在旋椅上，五官四肢，连同他的脑筋（假如有），一概停止活动，像呆鸟一般："不闻夫博弈者乎……"那段话是专对男人说的。他若是上街买东西，很少时候能令他的妻子满意，他总是不肯多问几家，怕跑腿，怕费话，怕讲价钱。什么事他都嫌麻烦，除了指使别人替他做的事之外，他像残废人一样，对于什么事都愿坐享其成，而名之曰"室家之乐"。他提前养老，至少提前三二十年。

紧毗连着"懒"的是"馋"。男人大概有好胃口的居多。他的嘴，用在吃的方面的时候多，他吃饭时总要在菜碟里发现至少一英寸见方半英寸厚的肉，才能算是没有吃素。几天不见肉，他就喊"嘴里要淡出鸟儿来！"若真个三月不知肉味，怕不要淡出毒蛇猛兽来！有一个人半年没有吃鸡，看见了鸡毛帚就流涎三尺。一餐盛馔之后，他的人生观都能改变，对于什么都乐观起来。一个男人在吃一顿好饭的时候，他脸上的表情硬是在感谢上天待人不薄；他饭后衔着一根牙签，红光满面，硬是觉得可以骄人。主中馈的是女人，修食谱的是男人。

男人多半自私。他的人生观中有一基本认识，即宇宙一切均是为了他的舒适而安排下来的。除了在做事赚钱的时候不得不忍气吞声地向人奴膝婢颜外，他总是要做出一副老爷相。他的家便是他的国度，他在家里称王。他除了为赚钱而吃苦努力外，他是一个"伊比鸠派"，他要享受。他高兴的时候，孩子可以骑在他的颈上，他引颈受骑，他可以像狗似的满地爬；他不高兴时，他看着谁都不顺眼，在外面受了闷气，回到家里来加倍地发作。他不知道女人的苦处。女人对于他的殷勤委曲，在他看来，就如同犬守户、鸡司晨一样的稀松平常，都是自然现象。他说他爱女人，其实他不是爱，是享受女人。他不问他给了别人多少，但是他要在别人身上尽量榨取。他觉得他对女人最大的恩惠，便是把赚来的钱全部或一部分拿回家来，但是当他把一卷卷的钞票从衣袋里掏出来的时候，他的脸上的表情是骄傲的成分多，亲爱的成分少，好像是在说："看我！你行么！我这样待你，你多幸运！"他若是感觉到这家不复是他的乐园，他便有多样的借口不回到家里来。他到处云游，他另辟乐园。他有聚餐会，他有酒会，他有桥会，他有书会画会棋会，他有夜会，最不济的还有个茶馆。他的享乐的方法太多。假如轮回之说不假，下世侥幸依然投胎为人，很少男人情愿下世做女人的。他总觉得这一世生为男身，而享受未足，下一世要继续努力。

"群居终日，言不及义"，原是人的通病，但是言谈的内容，却男女有别。女人谈的往往是"我们家的小妹又病了，你们家每月开销多少"之类。男人的是另一套普通的方式，男人的谈话，最后不谈到女人身上便不会散场。这一个题目对男人最有兴味。如果有一个桃色案他们惟恐其和解得太快。他们好议论人家的隐私，好批评别人的妻子的性格相貌。"长舌男"是到处有的，不知为什么这名词尚不甚流行。

女人

有人说女人喜欢说谎；假如女人所捏撰的故事都能抽取版税，便很容易致富。这问题在什么叫作说谎。若是运用小小的机智，打破眼前小小的窘僵，获取精神上小小的胜利，因而牺牲一点点真理，这也可以算是说谎，那么，女人确是比较的富于说谎的天才。有具体的例证。你没有陪过女人买东西吗？尤其是买衣料，她从不干干脆脆地说要做什么衣，要买什么料，准备出多少钱。她必定要东挑西拣，翻天覆地，同时口中念念有词，不是嫌这匹料子太薄，就是怪那匹料子花样太旧，这个不禁洗，那个不禁晒，这个缩头大，那个门面窄，批评得人家一文不值。其实，满不是这么一回事，她只是嫌价码太贵而已！如果价钱便宜，其他的缺点全都不成问题，而且本来不要买的也要购储起来。一个女人若是因为炭贵而不生炭盆，她必定对人解释说："冬天生炭盆最不卫生，到春天容易喉咙痛！"屋顶渗漏，塌下盆大的灰泥，在未修补之前，女人便会向人这样解释："我预备在这地方装安电灯。"自己上街买菜的女人，常常只承认散步和呼吸新鲜空气是她上市的惟一理由。艳羡汽车的女人常常表示她最厌恶汽油的臭味。坐在中排看戏的女人常常说前排的头等座位最不舒适。一个女人馈赠别人，必说："实在买不到什么好的……"其实这东西根本不是她买的，是别人送给她的。一个女人表示愿意陪你去上街走走，其实是她顺便要买东西。总之，女人总欢喜拐弯抹角的放一个小小的烟幕，无伤大雅，颇占体面。这也是艺术，王尔德不是说过"艺术即是说谎"么？这些例证还只是一些并无版权的谎话而已。

女人善变，多少总有些哈姆雷特式，拿不定主意；问题大者如离婚结婚，问题小者如换衣换鞋，都往往在心中经过一读二读三读，决议之后再复议，复议之后再否决。女人决定一件事之后，还能随时做一百八十度的大转弯，做出那与决定完全相反的事，使人无法追随。因为变得急速，所以容易给人以"脆弱"的印象。莎士比亚有一名句："'脆弱'呀，你的名字叫作'女人'！"但这脆弱，并不永远使女人吃亏。越是柔韧的东西越不易摧折。女人不仅在决断上善变，即便是一个小小的别针位置也常变，午前在领扣上，午后就许移到了头发上。三张沙发，能摆出若干阵势；几根头发，能梳出无数花头。讲到服装，其变化之多，常达到荒谬的程度。外国女人的帽子，可以是一根鸡毛，可以是半只铁锅，或是一个畚箕。中国女人的袍子，变化也就够多，领子高的时候可以使她像一只长颈鹿，袖子短的时候恨不得使两腋生风，至于钮扣盘花，滚边镶绣，则更加是变幻莫测。"上帝给她一张脸，她能另造一张出来。""女人是水做的"，是活水，不是止水。

女人善哭。从一方面看，哭常是女人的武器，很少人能抵抗她这泪的洗礼。俗语说："一哭二睡三上吊"，这一哭确实其势难当。但从另一方面看，哭也常是女人的内心的“安全瓣”。女人的忍耐的力量是伟大的，她为了男人，为了小孩，能忍受难堪的委曲。女人对于自己的享受方面，总是属于“斯多亚派”的居多。男人不在家时，她能立刻变成为素食主义者，火炉里能爬出老鼠，开电灯怕费电，再关上又怕费开关。平素既已极端刻苦，一旦精神上再受刺激，便忍无可忍，一腔悲怨天然的化做一把把的鼻涕眼泪，从“安全瓣”中汩汩而出，腾出空虚的心房，再来接受更多的委曲。女人很少破口骂人（骂街便成泼妇，其实甚少），很少揎袖挥拳，但泪腺就比较发达。善哭的也就常常善笑，迷迷的笑，吃吃的笑，格格的笑，哈哈的笑，笑是常驻在女人脸上的，这笑脸常常成为最有效的护照。女人最像小孩，她能为了一个滑稽的姿态而笑得前仰后合，肚皮痛，淌眼泪，以至于翻筋斗！哀与乐都像是常川有备，一触即发。

女人的嘴，大概是用在说话方面的时候多。女孩子从小就往往口齿伶俐，就是学外国语也容易琅琅上口，不像嘴里含着一个大舌头。等到长大之后，三五成群，说长道短，声音脆，嗓门高，如蝉噪，如蛙鸣，真当得好几部鼓吹！等到年事再长，万一堕入“长舌”型，则东家长，西家短，飞短流长，搬弄多少是非，惹出无数口舌；万一堕入“喷壶嘴”型，则琐碎繁杂，絮聒唠叨，一件事要说多少回，一句话要说多少遍，如喷壶下注，万流齐发，当者披靡，不可向迩！一个人给他的妻子买一件皮大衣，朋友问他：“你是为使她舒适吗？”那人回答说：“不是，为使她少说些话！”

女人胆小，看见一只老鼠而当场昏厥，在外国不算是奇闻。

中国女人胆小不至如此，但是一声霹雷使得她拉紧两个老妈子的手而仍战栗不止，倒是确有其事。这并不是做作，并不是故意在男人面前做态，使他有机会挺起胸脯说："不要怕，有我在！"她是真怕。在黑暗中或荒僻处，没有人，她怕；万一有人，她更怕！屠牛宰羊，固然不是女人的事，杀鸡宰鱼，也不是不费手脚。胆小的缘故，大概主要的是体力不济。女人的体温似乎较低一些，有许多女人怕发胖而食无求饱，营养不足，再加上怕臃肿而衣裳单薄，到冬天瑟瑟打战，袜薄如蝉翼，把小腿冻得作"浆米藕"色，两只脚放在被里一夜也暖不过来，双手捧热水袋，从八月捧起，捧到明年五月，还不忍释手。抵抗饥寒之不暇，焉能望其胆大。

女人的聪明，有许多不可及处，一根棉线，一下子就能穿入针孔，然后一下子就能在线的尽头处打上一个结子，然后扯直了线在牙齿呼呼上两声，针尖在头发上擦抹两下，便能开始解决许多在人生中并不算小的苦恼，例如缝上衬衣的扣子，补上袜子的破洞之类。至于几根篾棍，一上一下的编出多少样物事，更是令人叫绝。有学问的女人，创辟"沙龙"，对任何问题能继续谈论至半小时以上，不但不令人入睡，而且令人疑心她是内行。

孩子

兰姆是终身未娶的，他没有孩子，所以他有篇《未婚者的怨言》收在他的《伊利亚随笔》里。他说孩子没有什么稀奇，等于阴沟里的老鼠一样，到处都有，所以有孩子的人不必在他面前炫耀。他的话无论是怎样中肯，但在骨子里面有一点酸——葡萄酸。

我一向不信孩子是未来世界的主人翁，因为我亲见孩子到处在做现在的主人翁。孩子活动的主要范围是家庭，而现代家庭很少不是以孩子为中心的。一夫一妻不能成为家，没有孩子的家像一株不结果实的树，总缺点什么；必定等到小宝贝呱呱坠地，家庭的柱石才算放稳，男人开始做父亲；女人开始做母亲，大家才算找到各自的岗位。我问过一个并非“神童”的孩子：“你妈妈是做什么的？”他说：“给我缝衣的。”“你爸爸呢？”小宝贝翻翻白眼：“爸爸是看报的！”但是他随即更正说：“是给我们挣钱的。”孩子的回答全对。爹妈全是在为孩子服务。母亲早晨喝稀饭，买鸡蛋给孩子吃；父亲早晨吃鸡蛋，买鱼肝油精给孩子吃。最好的东西都要献呈给孩子，否则，做父母的心里便起惶恐，像是做了什么大逆不道的事一般。孩子的健康及其舒适，成为家庭一切设施的一个主要先决问题。这种风气，自古已然，于今为烈。自有小家庭制以来，孩子的地位顿形提高。以前的“孝子”是孝顺其父母之子，今之所谓“孝子”乃是孝顺其孩子之父母。孩子是一家之主，父母都要孝他！

“孝子”之说，并不偏激。我看见过不少的孩子，鼓噪起来能像一营兵；动起武来能像械斗；吃起东西来能像饿虎扑食；对于尊长宾客有如生番；不如意时撒泼打滚有如羊痫，玩得高兴时能把家具什物狼藉满室，有如惨遭洗劫……但是“孝子”式的父母则处之泰然，视若无睹，顶多皱起眉头，但皱不过三四秒钟仍复堆下笑容；危及父母的生存和体面的时候，也还要狠心咒骂几声，但那咒骂大部分是哀怨乞怜的性质，其中也许带一点威吓，但那威吓只能得到孩子的讪笑，因为那威吓是向来没有兑现过的。“孟懿子问孝，子曰：‘无违。’”今之“孝子”深韪是说。凡是孩子的意志，为父母者宜多方体贴，勿使稍受挫阻。近代儿童教育心理学者又有“发展个性。”之说，与“无违”之说正相符合。

体罚之制早被人唾弃，以其不合儿童心理健康之故。我想起一个外国的故事：

一个母亲带孩子到百货商店，经过玩具部，看见一匹木马，孩子一跃而上，前摇后摆，踌躇满志，再也不肯下来。那木马不是为出售的，是商店的陈设。店员们叫孩子下来，孩子不听；母亲叫他下来，加倍不听；母亲就说带他吃冰淇淋去，依然不听；买朱古力糖去，格外不听。任凭许下什么愿，总是还你一个不听；当时演成僵局，顿成胶着状态。最后一位聪明的店员建议说：我们何妨把百货商店特聘的儿童心理学专家请来解围呢？众谋佥同，于是把一位天生成有教授面孔的专家从八层楼请了下来。专家问明原委，轻轻走到孩子身边，附耳低声说了一句话，那孩子便像触电一般，滚鞍落马，牵着母亲的衣裙，仓皇遁去。事后有人问那专家到底对孩子说的是什么话，那专家说："我说的是：'你若不下马，我打碎你的脑壳！'"

这专家真不愧为专家，但是颇有不孝之嫌。这孩子假如平常受惯了不兑现的体罚、威吓，则这专家亦将无所施其技了。约翰逊博士主张不废体罚，他以为体罚的妙处在于直截了当，然而约翰逊博士是十八世纪的人，不合时代潮流！

哈代有一首小诗，写孩子初生，大家誉为珍珠宝贝，稍长都夸做玉树临风，长成则为非做歹，终至于陈尸绞架。这老头子未免过于悲观。但是"幼有神童之誉，少怀大志，长而无闻，终乃与草木同朽"——这确是个可以普遍应用的公式。"小时聪明，大时未必了。"究竟是知言，然而为父母者多属乐观。孩子才能骑木马，父母便幻想他将来指挥十万貔貅时之马上雄姿；孩子才把一曲抗战小歌哼得上口，父母便幻想他将来喉声一啭彩声雷动时的光景；孩子偶然拨动算盘，父母便暗中揣想他将来或能掌握财政大权，同时兼营投机买卖……这种乐观往往形诸言语，成为炫耀，使旁观者有说不出的感想。曾见一幅漫画：一个孩子跪在父亲的膝头用他的玩具敲打他父亲的头，父亲眯着眼在笑，那表情像是在宣告：“看看！我的孩子，多么活泼，多么可爱！”旁边坐着一位客人咧着大嘴做傻笑状，表示他在看着，而且感觉兴趣。这幅画的标题是：《演剧术》。一个客人看着别人家的孩子而能表示感觉兴趣，这真确实需要良好的《演剧术》。兰姆显然是不欢喜演这样的戏。

孩子中之比较最蠢，最懒，最刁，最泼，最丑，最弱，最不讨人喜欢的，往往最得父母的钟爱。此事似颇费解，其实我们应该记得《西游记》中唐僧为什么偏偏欢喜猪八戒。

谚云，“树大自直”，意思是说孩子不需要教。小时恣肆些，大了自然会好。可是弯曲的小树，长大是否会直呢？我不敢说。

客

“只有上帝和野兽才喜欢孤独。”上帝吾不得而知之，至于野兽，则据说成群结党者多，真正孤独者少。我们凡人，如果身心健全，大概没有不好客的。以喜欢幽独著名的Thourcau，他在树林里也给来客安排得舒舒帖帖。我常幻想着“风雨故人来”的境界，在风飒飒雨霏霏的时候，心情枯寂百无聊赖，忽然有客款扉，把握言欢，莫逆于心，来客不必如何风雅，但至少第一不谈物价升降，第二不谈宦海浮沉，第三不劝我保险，第四不劝我信教，乘兴而来，兴尽即返，这真是人生一乐。但是我们为客所苦的时候也颇不少。

很少的人家有门房，更少的人家有拒人千里之外的阍者，门禁既不禁严，来客当然无阻，所以私人居处，等于日夜开放。有时主人方在厕上，客人已经升堂入室，回避不及，应接无术，主人鞠躬如也，客人呆若木鸡。有时主人方在用饭，而高轩责止，便不能不效周公之“一饭三吐哺”，但是来客并无归心，只好等送客出门之后再补充些残羹剩饭。有时主人已经就枕，而不能不倒屣相迎。一天二十四小时之内，不知客人何时入侵，主动在客，防不胜防。

在西洋所谓客者是很稀罕的东西。因为他们办公有办公的地点，娱乐有娱乐的场所，住家专做住家之用。我们的风俗稍为不同一些。办公打牌吃茶聊天都可以在人家的客厅里随时举行的。主人既不能在座位上遍置针毡，客人便常有如归之乐。从前官场习惯，有所谓端茶送客之说，主人觉得客人应该告退的时候，便举起盖碗请茶，那时节一位训练有素的豪仆在旁一眼瞥见，便大叫一声“送客！”另一人把门帘高高打起，客人除了告辞之外，别无他法。可惜这种经济时间的良好习俗，今已不复存在，而且这种办法也只限于官场，如果我在我的小小客厅之内端起茶碗，由荆妻稚子在旁嘤然一声“送客”，我想客人会要疑心我一家都发疯了。

客人久坐不去，驱禳至为不易。如果你枯坐不语，他也许发表长篇独白，像个垃圾口袋一样，一碰就泄出一大堆，也许一根一根的纸烟不断地吸着，静听挂钟滴答滴答的响。如果你暗示你有事要走，他也许表示愿意陪你一道走。如果你问他有无其他的事情见教，他也许干脆告诉你来此只为闲聊天。如果你表示正在为了什么事情忙，他会劝你多休息下。如果你一遍一遍地给他斟茶，他也许就一碗一碗地喝下去而连声说“主人别客气”。乡间迷信，恶客盘踞不去时，家人可在门后置一扫帚，用针频频刺之，客人便会觉得有刺股之痛，坐立不安而去。此法有人曾经实验，据云无效。

“茶，泡茶，泡好茶；坐，请坐，请上坐。”出家人犹如此势利，在家人更可想而知。但是为了常遭客灾的主人设想，茶与座二者常常因客而异，盖亦有说，夙好牛饮之客，自不便奉以“水仙”，“云雾”，而精研茶经之士，又断不肯尝试那“高末”，“茶砖”。茶卤加开水，浑浑满满一大盅，上面泛着白沫如啤酒，或漂着油彩如汽油，这固然令人恶心，但是如果名茶一盏，而客人并不欣赏，轻咂一口，盅缘上并不留下芬芳，留之无用，弃之可惜，这也是非常讨厌之事。所以客人常被分为若干流品，有能启用平夙主人自己舍不得饮用的好茶者，有能享受主人自己日常享受的中上茶者，有能大量取用花卤冲开水者，飨以“玻璃”者是为未入流。至于座处，自以直入主人的书房绣闼者为上宾，因为屋内零星物件必定甚多，而主人略无防闲之意，于亲密之中尚含有若干敬意，作客至此，毫无遗憾；次焉者廊前檐下随处接见，所谓班荆道故，了无痕迹；最下者则肃入客厅，屋内只有桌椅板凳，别无长物，主人着长袍而出，寒暄就座，主客均客气之至。在厨房后门伫立而谈者是为未入流。我想此种差别待遇，是无可如何之事，我不相信孟尝门客三千而待遇平等。

人是永远不知足的。无客时嫌岑寂，有客时嫌烦嚣，客走后扫地抹桌又另有一番冷落空虚之感。问题的症结全在于客的素质。如果素质好，则未来时想他来，既来了想他不走，既走想他再来；如果素质不好，未来时怕他来，既来了怕他不走，既走怕他再来。虽说物以类聚，但不速之客甚难预防。“有约不来过夜半，闲敲棋子落灯花”，那种境界我觉得最足令人低徊。

中年

钟表上的时针是在慢慢地移动着，移动得如此之慢，使你几乎不感觉到它的移动。人的年纪也是这样的，一年又一年，总有一天会蓦然一惊，已经到了中年，到这时候大概有两件事使你不能不注意。讣闻不断的来，有些性急的朋友已经先走一步，很煞风景，同时又会忽然觉得一大批一大批的青年小伙子在眼前出现，从前也不知是在什么地方藏着的，如今一齐在你眼前摇晃，磕头碰脑的尽是些昂然阔步满面春风的角色，都像是要去吃喜酒的样子。自己的伙伴一个个的都入蛰了，把世界交给了青年人。所谓“耳畔频闻故人死，眼前但见少年多”，正是一般人中年的写照。

从前杂志背面常有“韦廉士红色补丸”的广告，画着一个憔悴的人，弓着身子，手拊在腰上，旁边注着“图中寓意”四字。那寓意对于青年人是相当深奥的。可是这幅图画却常在中年人的脑里涌现，虽然他不一定想吃“红色补丸”，那点寓意他是明白了。一根黄松的柱子，都有弯曲倾斜的时候，何况是二十六块碎骨头拼凑成的一条脊椎？年轻人没有不好照镜子的，在店铺的大玻璃窗前照一下都是好的，总觉得大致上还有几分姿色。这顾影自怜的习惯逐渐消失，以至于有一天偶然揽镜，突然发现额上刻了横纹，那线条是显明而有力，像是吴道子的“莼菜描”，心想那是抬头纹，可是低头也还是那样。再一细看头顶上的头发有搬家到腮旁颔下的趋势，而最令人怵目惊心的是，鬓角上发现几根白发，这一惊非同小可，平夙一毛不拔的人到这时候也不免要狠心的把它拔去，拔毛连茹，头发根上还许带着一颗鲜亮的肉珠。但是没有用，岁月不饶人！

一般的女子到了中年，更着急。哪个年轻女子不是饱满丰润得像一颗牛奶葡萄，一弹就破的样子？哪个年轻女子不是玲珑娇健得像一只燕子，跳动得那么轻灵？到了中年，全变了。曲线都还存在，但满不是那么回事，该凹入的部分变成了凸出，该凸出的部分就成了凹入，牛奶葡萄要变成为金丝蜜枣，燕子要变鹌鹑。最暴露在外面的是一张脸，从“鱼尾”起皱纹撒出一面网，纵横辐辏，疏而不漏，把脸逐渐织成一幅铁路线最发达的地图，脸上的皱纹已经不是熨斗所能烫得平的，同时也不知怎么在皱纹之外还常常加上那么多的苍蝇屎。所以脂粉不可少，除非粪土之墙，没有不可圬的道理。在原有的一张脸上再罩上一张脸，本是最简便的事，不过在上妆之前下妆之后容易令人联想起《聊斋志异》的那一篇“画皮”而已。女人的肉好像最禁不起地心的吸力，一到中年便一齐松懈下来往下堆摊，成堆的肉挂在脸上，挂在腰边，挂在踝际。听说有许多西洋女子擀面杖似的一根棒子早晚浑身乱搓，希望把浮肿的肉压得结实一点，又一些人干脆忌食脂肪忌食淀粉，扎紧裤带，活生生的把自己“饿”回青春去。有多少效果，我不知道。

别以为人到中年，就算完事。不。譬如登临，人到中年像是攀跻到了最高峰。回头看看，一串串的小伙子正在“头也不回呀汗也不揩”的往上爬。再仔细看看，路上有好多块绊脚石，曾把自己磕碰得鼻青脸肿，有好多处陷阱，使自己做了若干年的井底蛙。回想从前，自己做过扑灯蛾，惹火焚身，自己做过撞窗户纸的苍蝇，一心想奔光明，结果落在粘苍蝇的胶纸上！这种种景象的观察，只有站在最高峰上才有可能。向前看，前面是下坡路，好走得多。

施耐庵《水浒》序云：“人生三十未娶，不应再娶；四十未仕，不应再仕。”其实“娶”、“仕”都是小事，不娶不仕也罢，只是这种说法有点中途弃权的意味。西谚云：“人的生活在四十才开始。”好像四十以前，不过是几出配戏，好戏都在后面。我想这与健康有关。吃窝头米糕长大的人，拖到中年就算不易，生命力已经蒸发殆尽，这样的人焉能再娶？何必再仕？有“维他赐保命”都嫌来不及了。我看见过一些得天独厚的男男女女，年轻的时候愣头愣脑的，浓眉大眼，生僵挺硬，像是一些又青又涩的毛桃子，上面还带着挺长的一层毛。他们是未经琢磨过的璞石。可是到了中年，他们变得润泽了，容光焕发，脚底下像是有了弹簧，一看就知道是内容充实的。他们的生活像是在饮窖藏多年的陈酿，浓而芳洌！对于他们，中年没有悲哀。

四十开始生活，不算晚，问题在“生活”二字如何诠释。如果年届不惑，再学习溜冰踢毽子放风筝，“偷闲学少年”，那自然有如秋行春令，有点勉强。半老徐娘，留着“刘海”，躲在茅房里穿高跟鞋当做踩高跷般地练习走路，那也是惨事。中年的妙趣，在于相当的认识人生，认识自己，从而做自己所能做的事，享受自己所能享受的生活。科班的童伶宜于唱全本的大武戏，中年的演员才能担得起大出的轴子戏，只因他到中年才能真懂得戏的内容。

老年

时间走得很是停匀，说快不快，说慢不慢，不知从什么时候起在宴会中总是有人簇拥着你登上座，你自然明白这是离入祠堂之曰已不太远。上下台阶的时候常有人在你肘腋处狠狠的搀扶一把，这是提醒你，你已到达了杖乡杖国的高龄，怕你一跤跌下去，摔成好几截。黄口小儿一晃的工夫就窜高好多，在你眼前跌跌跖跖的跑来跑去，喊着阿公阿婆，这显然是在催你老。

其实人之老也，不需人家提示。自己照照镜子，也就应该心里有数。乌溜溜的毛毵毵的头发哪里去了？由黑而黄，而灰，而斑，而毳毳然，而稀稀落落，而牛山濯濯，活像一只秃鹫。瓠犀一般的牙齿哪里去了？不是熏得焦黄，就是裂着罅隙，再不就是露出七零八落的豁口。脸上的肉七棱八瓣，而且还平添无数雀斑，有时排列有序如星座，这个像大熊，那个像天蝎。下巴颏儿底下的垂肉就变成了空口袋，捏着一揪，两层松皮久久不能恢复原状。两道浓眉之间有毫毛秀出，像是麦芒，又像是兔须。眼睛无端淌泪。有时眼角上还会分泌出一堆堆的桃胶凝聚在那里。总之，老与丑是不可分的。《尔雅》：“黄发、齯复齿、鲐背、耇老，寿也。”寿自管寿，丑还是丑。

老的征象还多的是。还没有喝忘川水，就先善忘。文字过目不旋踵就飞到九霄云外，再翻寻有如海底捞针。老友几年不见，觌面说不出他的姓名，只觉得他好生面熟。要办事超过三件以上，需要结绳，又怕忘了哪一个结代表哪一桩事，如果笔之于书，又可能忘记备忘录放在何处。大概是脑髓用得太久，难免漫漶，印象当然模糊。目视茫茫，眼镜整天价戴上又摘下，摘下又戴上。两耳聋聩，无以与乎钟鼓之声，倒也罢了，最难堪的是人家说东你说西。齿牙动摇，咀嚼的时候像反刍，而且有时候还需要戴围嘴。至于登高腿软，久坐腰酸，睡一夜浑身关节滞涩，而且睁着大眼睛等天亮，种种现象不一而足。

老不必叹，更不必讳。花有开有谢，树有荣有枯。桓温看到他"种柳皆已十围，慨然曰：'木犹如此，人何以堪！'攀枝执条，泫然流泪"。桓公是一个豪迈的人，似乎不该如此。人吃到老，活到老，经过多少狂风暴雨惊涛骇浪，还能双肩承一喙，俯仰天地间，应该算是幸事。荣启期说，"人生有不见日月不免襁褓者"，所以他行年九十，认为是人生一乐，叹也不用，乐也无妨，生、老、病、死，原是一回事。有人讳言老，算起岁数来断断计较按外国算法还是按中国算法，好像从中可以讨到一年便宜。更有人老不歇心，怕以皤皤华首见人，偏要染成黑头。半老徐娘，驻颜无术，乃乞灵于整容郎中化妆师，隆鼻隼，抽脂肪，扫青黛眉，眼睚涂成两个黑窟窿。"物老为妖，人老成精。"人老也就罢了，何苦成精？

老年人该做老年事，冬行春令实是不祥。西塞罗说：“人无论怎样老，总是以为自己还可以再活一年。”是的，这愿望不算太奢。种种方面的人情欠人，正好及时做个了结。贤者识其大，不贤者识其小，各有各的算盘。大主意自己拿。最低限度，别自寻烦恼，别碍人事，别讨人嫌。有人问莎孚克利斯，年老之后还有没有恋爱的事，他回答得好：“上天不准！我好容易逃开了那种事，如逃开凶恶的主人一般。”这是说，老年人不再追求那花前月下的旖旎风光，并不是说老年人就一定如槁木死灰一般的枯寂。人生如游山，年轻的男男女女携着手儿陟彼高冈，沿途有无限的赏心乐事，兴会淋漓，也可能遇到一些挫沮，歧路彷徨，不过等到日云暮矣，互相扶持着走下山冈，却正别有一番情趣。白居易睡觉诗：“老眠早觉常残夜，病力先衰不待年。五欲已销诸念息，世间无境可勾牵。”话是很洒脱，未免凄凉一些。五欲指财、色、名、饮食、睡眠。五欲全销，并非易事，人生总还有可留恋的在。江州司马泪湿青衫之后，不是也还未能忘情于诗酒么？

乞丐

在我住的一个古老的城里，乞丐这一种光荣的职业似乎也式微了。从前街头巷尾总点缀着一群三分像人七分像鬼的家伙，缩头缩脑地挤在人家房檐底下晒太阳，捉虱子，打瞌睡，啜冷粥，偶尔也有些个能挺起腰板，露出笑容，老远的就打躬请安，满嘴的吉祥话，追着洋车能跑上一里半里，喘得像只风箱。还有那些扯着哑嗓穿行街巷大声地哀号，像是担贩的吆喝。这些人现在都到哪里去了？

据说，残羹剩饭的来源现在不甚畅了，大概剩下来的鸡毛蒜皮和一些汤汤水水的东西都留着自己度命了，家里的一个大坑还填不满，怎能把余沥去滋润别人！一个人单靠喝西北风是维持不了多久的。追车乞讨么？车子都渐渐现代化，在沥青路上风驰电掣，飞毛腿也追不上。汽车停住，砰的一声，只见一套新衣服走了出来，若是一个乞丐赶上前去，伸出胳臂，手心朝上，他能得到什么？给他一张大票，他找得开么？沿街托钵，呼天唤地也没有用。人都穷了，心都硬了，耳都聋了。偌大的城市已经养不起这种近于奢侈的职业。不过，乞丐尚未绝种，在靠近城根的大垃圾山上，还有不少同志在那里发掘宝藏，埋头苦干，手脚并用，一片喧豗。他们并不扰乱治安，也不侵犯产权，但是，说老实话，这群乞丐，无益税收，有碍市容，所以难免不像捕捉野犬那样的被捉了去。饿死的饿死，老成凋谢，继起无人，于是乞丐一业逐渐衰微。

在乞丐的艺术还很发达的时候，有一个乞讨的妇人给我很深的印象。她的巡回区域是在我们学校左右。她很知道争取青年，专以学生为对象。她看见一个学生远远的过来，她便在路旁立定，等到走近，便大喊一声“敬礼”，举手、注视，一切如仪。她不喊“爷爷”、“奶奶”，她喊“校长”，她大概知道新的升官图上的晋升的层次。随后是她的申诉，其中主要的一点是她的一个老母，年纪是八十。她连续乞讨了五六年，老母还是八十。她很机警，她追随几步之后，若是觉得话不投机，她的申诉便戛然而止。不像某些文章那样啰嗦。她若是得到一个铜板，她的申诉也戛然而止，像是先生听到下课铃声一般。这个人如果还活着，我相信她一定能编出更合时代潮流的一套新词。

我说乞丐是一种光荣的职业，并不含有鼓励懒惰的意思。乞丐并不是不劳而获的人，你看他晒得黧黑干瘦，跑得上气不接下气，何曾安逸。而且他取不伤廉，维持他的灵魂与肉体不至涣散而已。他的乞食的手段不外两种：一是引人怜，一是讨人厌。他满口“祖宗”、“奶奶”的乱叫，听者一旦发生错觉，自己的孝子贤孙居然沦落到这地步，恻隐之心就会油然而起。他若是背着瞎眼的老妈在你背后亦步亦趋，或是把畸形的腿露出来给你看，或是带着一窝的孩子环绕着你叫唤，或是在一块硬砖上稽颡、在额上撞出一个大包，或是用一根草棍支着那有眼无珠的眼皮，或是像一个“人彘”似的就地擦着，或者申说遭遇，比“舍弟江南死，家兄塞北亡”还要来得凄怆，那么你那磨得梆硬的心肠也许要露出一丝怜悯。怜悯不能动人，他还有一套讨厌的方法。他满脸的鼻涕眼泪，你越厌烦，他挨得越近，看看随时都会贴上去的样子，这时你便会情愿出钱打发他走开，像捐款做一桩卫生事业一般。不管是引人怜或是讨人厌，不过只是略施狡狯，无伤大雅。他不会伤人，他不会犯法；从没有一个人想伤害一个乞丐，他的那一把骨头，不足以当尊拳。从没有一种法律要惩治乞丐，乞丐不肯触犯任何法律所以才成为乞丐。乞丐对社会无益，至少也是并无大害，顶多是有一点碍观瞻，如有外人参观，稍稍避一下也就罢了。有人以为乞丐是社会的寄生虫，话并不错，不过在寄生虫这一门里，白胖的多的是，一时怕数不到他罢？

从没有听说过什么人与乞丐为友，因而亦流于乞丐。乞丐永远是被认为现世报的活标本。他的存在饶有教育意义。无论交友多么滥的人，交不到乞丐。乞丐自成为一个阶级，真正的无产阶级（除了那只沙锅）。乞丐是人群外的一种人。他的生活之最优越处是自由：鹑衣百结，无拘无束，街头流浪，无签到请假之烦，只求免于冻馁，富贵于我如浮云。所以俗语说：“三年要饭，给知县都不干。”乞丐也有他的穷乐。我曾想象一群乞丐享用一只“花子鸡”的景况，我相信那必是一种极纯洁的快乐。Charles Lamb对于乞丐有这样的赞颂：

褴褛的衣衫，是贫穷的罪过，却是乞丐的袍褂，他的职业的优美的标识，他的财产，他的礼服，他公然出现于公共场所的服装。他永远不会过时，永远不追在时髦后面。他无须穿着宫廷的丧服。他什么颜色都穿，什么也不怕。他的服装比桂格教派的人经过的变化还少。他是宇宙惟一可以不拘外表的人。世间的变化与他无干。只有他屹然不动。股票与地产的价格不影响他。农业的或商业的繁荣也与他无涉，最多不过是给他换一批施主。他不必担心有人找他做保。没有人肯过问他的宗教或政治倾向。他是世界上惟一的自由人。

话虽如此，谁不到山穷水尽，谁也不肯做这样的自由人。只有一向做神仙的，如李铁拐和济公之类，游戏人间的时候，才肯短期的化身为一个乞丐。

医生

医生是一种神圣的职业，因为他能解除人的痛苦，着手成春。有一个人，有点老毛病，常常发作，闹得死去活来，只要一听说延医，病就先去了八分，等到医生来到，霍然而愈，试脉搏听心跳完全正常，医生只好愕然而退，延医的人真希望病人的痛苦稍延长些时。这是未着手就已成春的一例。可是医生一不小心，或是虽已小心而仍然错误，他随时也有机会减短人的寿命。据说庸医的药方可以辟鬼，比钟馗的像还灵，胆小的夜行人举着一张药方就可以通行无阻，因为鬼中有不少生前吃过那样药方的亏的，死后还是望而生畏。医生以济世活人为职志，事实上是掌握着生杀的大权的。

说也奇怪，在舞台上医生大概总是由丑角扮演的。看过《老黄请医》的人总还记得那个医生的脸上是涂着一块粉的。在外国也是一样，在莫里哀或是拉毕施的笔下，医生也是令人啼笑皆非的人物。为什么医生这样的不受人尊敬呢？我常常纳闷。

大概人在健康的时候，总把医药看作不祥之物，就是有点头昏脑热，也并不慌，保国粹者喝午时茶，通洋务者服阿斯匹林，然后蒙头大睡，一汗而愈。谁也不愿常和医生交买卖。一旦病势转剧，伏枕哀鸣，深为造物小儿所苦，这时候就不能再忘记医生了。记得小时候家里延医，大驾一到，家人真是倒屣相迎，请入上座，捧茶献烟，环列伺候，毕恭毕敬，医生高踞上座并不谦让，吸过几十筒水烟，品过几盏茶，谈过了天气，叙过了家常，抱怨过了病家之多，此后才能开始他那一套望闻问切君臣佐使。再倒茶，再装烟，再扯几句淡话（这时节可别忘了偷偷地把“马钱”送交给车夫），然后恭送如仪。我觉得那威风不小。可是奉若神明也只限于这一短短的时期，一俟病人霍然，医生也就被丢在一旁。至于登报鸣谢悬牌挂匾的事，我总怀疑究竟是何方主使，我想事前总有一个协定。有一个病人住医院，一只脚已经伸进了棺木，在病人看来这是一件很关重要的事。在医生看来这是常见的事，老实说医生心里也是很着急的，他不能露出着急的样子，病人的着急是不能隐藏的，于是许愿说如果病瘳要捐赠医院若干若干，等到病愈出院早把愿心抛到九霄云外，医生追问他时，他说：“我真说过这样的话吗？你看，我当时病得多厉害！”大概病人对医生没有多少好感，不病时以医生为不祥，既病则不能不委曲逢迎他，病好了就把他一脚踢开，人是这样的忘恩负义的一种动物，有几个人能像Andro-clus遇见的那只狮子？所以医生以丑角的姿态在舞台上出现，正好替观众发泄那平时不便表示的积愤。

可是医生那一方面也有许多别扭的地方。他若是登广告，和颜悦色地招徕主顾，立刻有人要挖苦他：“你们要找庸医么，打开报纸一看便是。”所以他被迫采取一种防御姿势，要相当的傲岸。尽管门口鬼多人少，也得做出忙的样子。请他去看病，他不能去得太早，要等你三催六请，像大旱后之云霓一般而出现。没法子，忙。你若是登门求治，挂号的号码总是第九十几号，虽然不至于拉上自己的太太小姐，坐在候诊室里来壮声势。总得摆出一种排场，令你觉得他忙，忙得不能和你多说一句话。好像是算命先生如果要细批流年须要卦金另议一般。不过也不能一概而论，医生也有健谈的，病人尽管愁眉苦脸，他能谈笑生风。我还知道一些工于应酬的医生，在行医之前，先实行一套相法，把病人的身份打量一番，对什么样的人说什么样的话。明明是西医，他对一位老太婆也会说一套阴阳五行的伤寒论，对于愿留全尸的人他不坚持打针，对于怕伤元气的人他不用泻药。明明的不知病原所在，他也得撰出一篇相当的脉案的说明，不能说不知道，“你不知道就是你没有本事”，说错了病原总比说不出病原令出诊费的人觉得不冤枉些。大概发烧即是火，咳嗽就是风寒，有痰就是肺热，腰疼即是肾亏，大致总没有错。摸不清病原也要下药，医生不开方就不是医生，好在符箓一般的药方也不容易被病人辨认出来。因为这种种情形的逼迫，医生不能不有一本生意经。

生意经最精的是兼营药业，诊所附设药房，开了方子立刻配药，几十个瓶子配来配去变化无穷，最大的成本是那盛药水的小瓶，收费言无二价。出诊的医生随身带着百宝箱，灵丹妙药一应俱全，更方便，连药剂师都自兼了。

天下是有不讲理的人，“医生治病不治命”，但是打医生摘匾的事却也常有。所以话要说在前头，芝麻大的病也要说得如火如荼不可轻视，病好了是他的功劳，病死了怪不得人。如果真的疑难

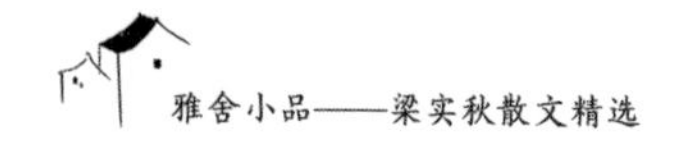

大症撞上门来，第一步先得说明来治太晚，第二步要模棱地说如果不生变化可保无虞，第三步是姑投以某某药剂以观后果，第四步是敬谢不敏另请高明，或是更漂亮的给介绍到某某医院，其诀曰：“推。”

我并不责难医生。我觉得医生里面固然庸医不少，可是病人里面混虫也很多。有什么样子的病人就有什么样的医生，天造地设。

代沟

代沟是翻译过来的一个比较新的名词，但这个东西是我们古已有之的。自从人有老少之分，老一代与少一代之间就有一道沟，可能是难以飞渡的深沟天堑，也可能是一步迈过的小渎阴沟，总之是其间有个界限。沟这边的人看沟那边的不顺眼，沟那边的人看沟这边的人不像话，也许吹胡子瞪眼，也许拍桌子卷袖子，也许口出恶声，也许真个的闹出命案，看双方的气质和修养而定。

《尚书·无逸》：“相小人，厥父母勤劳稼穑，厥子乃不知稼穑之艰难，乃逸乃谚既诞。否则侮厥父母曰：‘昔之人无闻知。’”这几句话很生动，大概是我们最古的代沟之说的一个例证。大意是说：请看一般小民，做父母的辛苦耕稼，年轻一代不知生活艰难，只知享受放荡，再不就是张口顶撞父母说：“你们这些落伍的人，根本不懂事！”活画出一条沟的两边的人对峙的心理。小孩子嘛，总是贪玩。好逸恶劳，人之天性。只有饱尝艰苦的人，才知道以无逸为戒。做父母的人当初也是少不更事的孩子，代代相传，历史重演。一代留下一沟，像树身上的年轮一般。

虽说一代一沟，腌臜的情形难免，然大体上相安无事。这就是因为所谓传统者，把人的某一些观念胶着在一套固定的范畴里。“不以规矩不能成方圆”，大家都守规矩，尤其是年轻的一代。“鞋大鞋小，别走了样子！”小的一代自然不免要憋一肚皮委屈，但是，别忙，“多年的媳妇熬成婆，多年的道路走成河”，转眼间黄口小儿变成了鲐背耈老、又轮到自己唉声叹气，抱怨一肚皮不合时宜了。

我记得我小的时候，早起要跟着姊姊哥哥排队到上房给祖父母请安，像早朝一样的肃穆而紧张，在大柜前面两张二人凳上并排坐下，腿短不能触地，往往甩腿。这是犯大忌的，虽然我始终不知是犯了什么忌。祖父母的眼睛瞪得圆圆的，手指着我们的前后摆动的小腿说：“怎么，一点样子都没有！”吓得我们的小腿立刻停摆，我的母亲觉得很没有面子，回到房里着实的数落了我们一番。祖孙之间隔着两条沟，心理上的隔阂如何得免？当时我心里纳闷，我甩腿，干卿底事。我十岁的时候，进了陶氏学堂，领到一身体操时穿的白帆布制服，有亮晶的铜钮扣，裤边还镶贴两条红带，现在回想起来有点滑稽，好像是卖仁丹游街宣传的乐队，那时却扬扬自得，满心欢喜的回家，没想到赢得的是一头雾水，“好呀！我还没死，就先穿起孝衣来了！”我触了白色的禁忌。出殡的时候，灵前是有两排穿白衣的“孝男儿”，口里模仿嚎丧的哇哇叫。此后每逢体操课后回家，先在门洞脱衣，换上长褂，卷起裤筒。稍后，我进了清华，看见有人穿白帆布橡皮底的网球鞋，心羡不已，于是也从天津邮购了一双，但是始终没敢穿了回家。只求平安少生事，莫在代沟之内起风波。

大家庭制度下，公婆儿媳之间的代沟是最鲜明也最凄惨的。儿子自外归来，不能一头扎进闺房，那样做不但公婆瞪眼，所有的人都要竖起眉毛。他一定要先到上房请安，说说笑笑好大一阵，然后公婆（多半是婆）开恩发话，“你回屋里歇歇去吧”，儿子奉旨回到阃闱。媳妇不能随后跟进，还要在公婆面前周旋一下，然后公婆再度开恩，“你也去吧”，媳妇才能走，慢慢的走。如果媳妇正在院里浣洗衣服，儿子过去帮下忙，到后院井里用柳罐汲取一两桶水，送过去备用，结果也会招致一顿长辈的唾骂：“你走开，这不是你做的事。”我记得半个多世纪以前，有一对大家庭中的小夫妻，十分的恩爱，夫暴病死，妻觉得在那样的家庭中了无生趣，竟服毒以殉。殡殓后，追悼之日政府颁赠匾额曰：“彤管扬芬”，女家致送的白布横批曰：“看我门楣！”我们可以听得见代沟的冤魂哭泣，虽然代沟另一边的人还在逞强。

以上说的是六七年前的事，代沟中的小风波，但没有大泛滥。张公艺九代同居，靠了一百多个忍字。其实九代之间就有八条沟，沟下有沟，一代压一代，那一百多个忍字还不是一面倒，多半由下面一代承当。古有明训，能忍自安。

五四运动乃一大变局。新一代的人要造反，不再忍了。有人要“整理国故”，管他什么三坟五典八索九丘，都要掀出来重新交付审判。礼教被控吃人，孔家店遭受捣毁的威胁，世世代代留下来的沟要彻底翻腾一下，这下子可把旧一代的人吓坏了。有人提倡读经，有人竭力卫道，但是不是远水不救近火，便是只手难挽狂澜。代沟总崩溃，新一代的人如脱缰之马，一直旁出斜逸奔放驰骤到

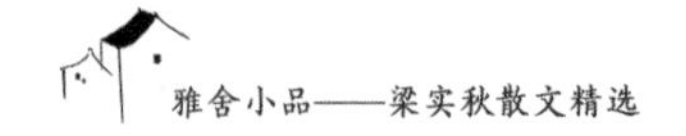

如今。旧一代的人则按照自然法则一批一批的凋谢，填入时代的沟壑。

代沟虽然永久存在，不过其现象可能随时变化。人生的麻烦事，千端万绪，要言之，不外财色两项。关于钱财，年长的一辈多少有一点吝啬的倾向。吝啬并不一定全是缺点。“称财多寡而节用之，富无金藏，贫不假贷，谓之啬。积多不能分人，而厚自养，谓之吝。不能分人，又不能自养，谓之爱。”这是《晏子春秋》的说法。所谓爱，就是守财奴。是有人好像是把孔方兄一个个的穿挂在他的肋骨上，取下一个都是血丝糊拉的。英文俚语，勉强拿出一块钱，叫作“咳出一块钱”，大概也是表示钱是深藏于肺腑，需要用力咳才能跳出来。年轻一代看了这种情形，老大的不以为然，心里想：“这真是‘昔之人，无闻知’，有钱不用，害得大家受苦，忘记了‘一个钱也带不了棺材里去’。”心里有这样的愤懑蕴积，有时候就要发泄。所以，曾经有一个儿子向父亲要五十元零用，其父靳而不予，由冷言恶语而拖拖拉拉，儿子比较身手矫健，一把揪住父亲的领带，（唉，领带真误事）领带越揪越紧，父亲一口气上不来，一翻白眼，死了。这件案子，按理应剐，基于“心神丧失”的理由，没有剐，在代沟的历史里留下一个悲惨的记录。

人到成年，嘤嘤求偶，这时节不但自己着急，家长更是担心，可是所谓代沟出现了，一方面说这是我的事，你少管，另一方面说传宗接代的大事如何能不过问。一个人究竟是姣好还是寝陋，是端庄还是阴鸷，本来难有定评。“看那样子，长头发、牛仔裤、嬉游浪荡、好吃懒做，大概不是善类。”“爬山、露营、打球、跳舞，都是青年的娱乐，难道要我们天天匀出工夫来晨昏定省，膝下承欢？”南辕北辙，越说越远，其实“养儿防老”“我养你小，你养我老”的观念，现代的人大部分早已不再坚持。羽毛既丰，各奔前程，上下两代能保持朋友一般的关系，可疏可密，岁时存问，相待以礼，岂不甚妙？谁也无须剑拔弩张，放任自己，而诿过于代沟。沟是死的，人是活的！代沟需要沟通，不能像希腊神话中的亚历山大以利剑砍难解之绳结那样容易的一刀两断，因为人终归是人。

诗人

有人说："在历史里一个诗人似乎是神圣的，但是一个诗人在隔壁便是个笑话。"这话不错。看看古代诗人画像，一个个的都是宽衣博带，飘飘欲仙，好像不食人间烟火的样子。"辋川图"里的人物，弈棋饮酒，投壶流觞，一个个的都是儒冠羽衣，意态萧然，我们只觉得摩诘当年，千古风流，而他在苦吟时堕入醋瓮里的那副尴尬相，并没有人给他写画流传。我们凭吊浣花溪畔的工部草堂，遥想杜陵野老典衣易酒卜居茅茨之状，吟哦沧浪，主管风骚，而他在耒阳狂啖牛炙白酒胀饫而死的景象，却不雅观。我们对于死人，照例是隐恶扬善，何况是古代诗人，篇章遗传，好像是瘀唾珠玑，纵然有些小小乖僻，自当加以美化，更可为谈助。王摩诘堕入醋瓮，是他自己的醋瓮，不是我们家的水缸；杜工部旅中困顿，累的是耒阳知县，不是向我家叨扰。一般人读诗，犹如观剧，只是在前台欣赏，并无须侧身后台打听优伶身世，即使刺听得多少奇闻轶事，也只会作梨园掌故而已。

例如一个诗人住在隔壁，便不同了。虽然几乎家家门口都写着"诗书继世长"，懂得诗的人并不多。如果我是一个名利中人，而隔壁住着一个诗人，他的大作永远不会给我看，我看了也必以为不值一文钱，他会给我以白眼，我看着他一定也不顺眼。诗人没有常光顾理发店的，他的头发作飞蓬状，作狮子狗状，作艺术家状。他如果是穿中装的，一定像是算命瞎子，两脚泥；他如果是穿西装的，一定是像卖毛毯子的白俄，一身灰。他游手好闲，他白昼做梦，他无病呻吟，他有时深居简出，闭门谢客，他有时终年流浪，到处为家，他哭笑无常，他饮食无度，他有时贫无立锥，他有时挥金似土。如果是个女诗人，她口里可以衔只大雪茄；如果是男的，他向各形各色的女人去膜拜。他喜欢烟、酒、小孩、花草、小动物——他看见一只老鼠可以作一首诗，他在胸口上摸出一只虱子也会作成一首诗。他的生活习惯有许多与人不同的地方。有一个人告诉我，他曾和一个诗人比邻，有一次同出远游，诗人未带牙刷，据云留在家里为太太使用。问之曰："你们原来共用一把么？"诗人大惊曰："难道你们是各用一把么？"

诗人住隔壁，是个怪物。走在街上尤易引起误会。伯朗宁有一首诗《法国人对诗人的观感》，描写一个西班牙的诗人性好观察社会人生，以致被人误认为是一个特务，这是何等的讥讽！他穿的是一身破旧的黑衣服，手杖敲着地，后面跟着一条秃瞎老狗，看着鞋匠修理皮鞋，看人切柠檬片放在饮料里，看焙咖啡的火盆，用半只眼睛看书摊，谁虐打牲畜谁咒骂女人都逃不了他的注意——所以他大概是个特务，把观察所得呈报国王。看他那个模样儿，上了点年纪，那两道眉毛，亏他的眼睛在下面住着！鼻子的形状和颜色都像鹰爪。某甲遇难，某乙失踪，某丙得到他的情妇——还不都是他干下的事？他费这样大的心机，也不知得多少报酬。大家都说他回家用晚膳的时候，灯火辉煌，墙上挂着四张名画，二十名裸体女人给他捧盘换盏。其实，这可怜的人过的乃是另一种生活，他就住在桥边第三家，新油刷的一幢房子，全街的人都可以看见他交叉着腿，把脚放在狗背上，和他的女仆在打纸牌，吃的是烙饼水果，十点钟就上床睡了。他死的时候还穿着那件破大衣，没膝的泥，吃的是面包壳，脏得像一条熏鱼！

这位西班牙的诗人还算是幸运的，被人当做特务，在另一个国度里，这样一个形迹可疑的诗人可能成为特务的对象。

变戏法的总要念几句咒，故弄玄虚，增加他的神秘，诗人也不免几分江湖气，不是谪仙，就是鬼力，再不就是梦笔生花，总有几分阴阳怪气。外国诗人更厉害，作诗时能直接的祷求神助，好像是仙灵附体的样子。

> 一颗沙里看出一个世界，
>
> 一朵野花里看出一个天堂，
>
> 把无限抓在你的手掌里，
>
> 把永恒放进一刹那的时光。

若是没有一点慧根的人，能说出这样的鬼话么？你不懂？你是蠢才！你说你懂，你便可跻身于风雅之林。你究竟懂不懂，天知道。

大概每个人都曾经有过做诗人的一段经验。在“怨黄莺儿作对，怪粉蝶儿成双”的时节，看花谢也心惊，听猫叫也难过，诗就会来了，如枝头舒叶那么自然。但是入世稍深，渐渐煎熬成为一颗“煮硬了的蛋”，散文从门口进来，诗从窗口出去了。“嘴唇在不能亲吻的时候才肯唱歌。”一个人如果达到相当年龄，还不失赤子之心，经风吹雨打，方寸间还能诗意盎然，他是得天独厚，他是诗人。

诗不能卖钱。一首新诗，如拈断数根须即能脱稿，那成本还是轻的，怕的是像牡蛎肚里的一颗明珠，那本是一块病，经过多久的滋润涵养才能磨练孕育成功，写出来到哪里去找主顾？诗不能给富人客厅里摆设作装潢，诗不能给广大读者以娱乐，富人要的是字画珍玩，大众要的是小说戏剧。诗，短短一橛，充篇幅都不中用。诗是这样无用的东西，所以以诗为业的诗人，如果住在你的隔壁，自然是个笑话，将来在历史上能否就成为神圣，也很渺茫。

记梁任公先生的一次演讲

梁任公先生晚年不谈政治，专心学术。大约在1921年，清华学校请他作第一次的演讲，题目是《中国韵文里表现的情感》。我很幸运地有机会听到这一篇动人的演讲。那时候的青年学子，对梁任公先生怀着无限的景仰，倒不是因为他是戊戌政变的主角，也不是因为他是云南起义的策划者，实在是因为他的学术文章对于青年确有启迪指导的作用。过去也有不少显宦，以及叱咤风云的人物，莅校讲话。但是他们没有留下深刻的印象。

任公先生的这一篇讲演稿，后来收在《饮冰室文集》里。他的讲演是预先写好的，整整齐齐地写在宽大的宣纸制的稿纸上面。他的书法很是秀丽，用浓墨写在宣纸上，十分美观。但是读他这篇文章和听他这篇讲演，那趣味相差很多，犹之乎读剧本与看戏之迥乎不同。

我记得清清楚楚，在一个风和日丽的下午，高等科楼上大教堂里坐满了听众，随后走进了一个短小精悍秃头顶宽下巴的人物，穿着肥大的长袍，步履稳健，风神潇洒，左右顾盼，光芒四射，这就是梁任公先生。

他走上讲台，打开他的讲稿，眼光向下面一扫，然后是他的极简短的开场白，一共只有两句，头一句是："启超没有什么学问——"眼睛向上翻，轻轻点一下头："可是也有一点喽！"这样谦逊同时又这样自负的话是很难得听到的。他的广东官话是很够标准的，距离国语甚远，但是他的声音沉着而有力，有时又是洪亮而激亢，所以我们还是能听懂他的每一字。我们甚至想如果他说标准国语其效果可能反要差一些。

我记得他开头讲一首古诗《箜篌引》：

公无渡河。

公竟渡河！

渡河而死，

其奈公何！

这四句十六字，经他一朗诵，再经他一解释，活画了一出悲剧，其中有起承转合，有情节，有背景，有人物，有情感。我在听先生这篇讲演后约二十八年，偶然获得机缘在茅津渡候船渡河。但见黄沙弥漫，黄流滚滚，景象苍茫，不禁哀从衷来，顿时记忆起先生讲的这首古诗。

先生博闻强记，在笔写的讲稿之外，随时引证许多作品，大部分他都能背诵得出。有时候，他背诵到酣畅处，忽然记不起下文，他便用手指敲打他的秃头，敲几下之后，记忆力便又畅通，成本大套地背诵下去了。他敲头的时候，我们屏息以待，他记起来的时候，我们也跟着他欢喜。

先生的讲演，到紧张处，便成为表演。他真是手之舞足之蹈，有时掩面，有时顿足，有时狂笑，有时叹息。听他讲到他最喜欢的《桃花扇》，讲到“高皇帝，在九天，不管……”那一段，他悲从衷来，竟痛哭流涕而不能自已。他掏出手巾拭泪，听讲的人不知有几多也泪下沾巾了！又听他讲杜氏讲到“剑外忽传收蓟北，初闻涕泪满衣裳……”先生又真是于涕泗交流之中张口大笑了。

这一篇讲演分三次讲完，每次讲过，先生大汗淋漓，状极愉快。听过这讲演的人，除了当时所受的感动之外，不少人从此对于中国文学发生了强烈的爱好。先生尝自谓“笔锋常带情感”，其实先生在言谈讲演之中所带的情感不知要强烈多少倍！

有学问，有文采，有热心肠的学者，求之当世能有几人？于是我想起了从前的一段经历，笔而记之。

胡适先生二三事

胡先生是安徽徽州绩溪县人，对于他的乡土念念不忘，他常告诉我们他的家乡的情形。徽州是个闭塞的地方。四面皆山，地瘠民贫，山地多种茶，每逢收茶季节茶商经由水路从金华到杭州到上海求售，所以上海的徽州人特多，号称徽帮，其势力一度不在宁帮之下。四马路一带就有好几家徽州馆子。民国十七八年间，有一天，胡先生特别高兴，请努生光旦和我到一家徽州馆吃午饭。上海的徽州馆相当守旧，已经不能和新兴的广东馆四川馆相比，但是胡先生要我们去尝尝他的家乡风味。

我们一进门，老板一眼望到胡先生，便从柜台后面站起来笑脸相迎，满口的徽州话，我们一点也听不懂。等我们扶着栏杆上楼的时候，老板对着后面厨房大吼一声。我们落座之后，胡先生问我们是否听懂了方才那一声大吼的意义。我们当然不懂，胡先生说："他是在喊：'绩溪老馆，多加油啊！'"原来绩溪是个穷地方，难得吃油大，多加油即是特别优待老乡之意。果然，那一餐的油不在少。有两个菜给我的印象特别深，一个是划水鱼，即红烧青鱼尾，鲜嫩无比，一个是生炒蝴蝶面，即什锦炒生面片，非常别致。

缺点是味太咸，油太大。

徽州人聚族而居，胡先生常夸说，姓胡的、姓汪的、姓程的、姓吴的、姓叶的，大概都是徽州，或是源出于徽州。他问过汪精卫、叶恭绰，都承认他们祖上是在徽州。努生调侃的说："胡先生，如果再扩大研究下去，我们可以说中华民族起源于徽州了。"相与拊掌大笑。

吾妻季淑是绩溪程氏，我在胡先生座中如遇有徽州客人，胡先生必定这样的介绍我："这是梁某某，我们绩溪的女婿，半个徽州人。"他的记忆力特别好，他不会忘记提起我的岳家早年在北京开设的程五峰斋，那是一家在北京与胡开文齐名的笔墨店。

胡先生酒量不大，但很喜欢喝酒。有一次他的朋友结婚，请他证婚，这是他最喜欢做的事，筵席只预备了两桌，礼毕入席，每桌备酒一壶，不到一巡而壶告罄。胡先生大呼添酒，侍者表示为难。主人连忙解释，说新娘是Temperance League（节酒会）的会员，胡先生从怀里掏出现洋一元交付侍者，他说："不干新郎新娘的事，这是我们几个朋友今天高兴，要再喝几杯。赶快拿酒来。"主人无可奈何，只好添酒。

事实上胡先生从不闹酒。二十年春，胡先生由沪赴平，道出青岛，我们请他到青岛大学演讲，他下榻万国疗养院。讲题是《山东在中国文化里的地位》，就地取材，实在高明之至，对于齐鲁文化的变迁，儒道思想的递嬗，讲得头头是道，亹亹不倦，听众无不欢喜。当晚青大设宴，有酒如渑，胡先生赶快从袋里摸出一只大金指环给大家传观，上面刻着"戒酒"二字，是胡太太送给他的。

胡先生交游广，应酬多，几乎天天有人邀饮，家里可以无须开伙。徐志摩风趣的说：“我最羡慕我们胡大哥的肠胃，天天酬酢，肠胃居然吃得消！”其实胡先生并不欣赏这交际性的宴会，只是无法拒绝而已。二十年六月二十一日胡先生写信给我，劝我离开青岛到北大教书，他说：“你来了，我陪你喝十碗好酒！”

胡先生住上海极司菲尔路的时候，有一回请《新月》一些朋友到他家里吃饭，菜是胡太太亲自做的——徽州著名的“一品锅”。一只大铁锅，口径差不多有一呎，热腾腾的端了上桌，里面还在滚沸，一层鸡，一层鸭，一层肉，点缀着一些蛋皮饺，紧底下是萝卜白菜。胡先生详细介绍这一品锅，告诉我们这是徽州人家待客的上品，酒菜、饭菜、汤，都在其中矣。对于胡太太的烹调的本领，他是赞不绝口的。他认为另有一样食品也是非胡太太不办的，那就是蛋炒饭——饭里看不见蛋而蛋味十足，我虽没有品尝过，可是我早就知道其做法是把饭放在搅好的蛋里拌匀后再下锅炒。

胡先生不以书法名，但是求他写字的人太多，他也喜欢写。他作中国公学校长的时候，每星期到吴淞三两次，我每次遇见他都是看到他被学生们里三层外三层的密密围绕着。学生要他写字，学生需要自己备纸和研好的墨。他未到校之前，桌上已按次序排好一卷一卷的宣纸，一盘一盘的墨汁。他进屋之后就伸胳膊挽袖子，挥毫落纸如云烟，还要一面和人寒暄，大有手挥五弦目送飞鸿之势。胡先生的字如其人，清癯消瘦，而且相当工正，从来不肯作行草，一横一捺都拖得很细很长，好像是伸胳膊伸腿的样子。不像瘦金体，没有那一份劲逸之气，可是不俗。胡先生说起蔡孑民先生的字，也是瘦骨嶙峋，和一般人点翰林时所写的以黑大圆光著名的墨卷迥异其趣，胡先生曾问过他，以他那样的字何以能点翰林，蔡先生答说：“也许是因为当时最流行的是黄山谷的字体罢！”

胡先生最爱写的对联是“大胆的假设，小心的求证；认真的做事，严肃的做人”。我常惋惜，大家都注意上联，而不注意下联。这一联有如双翼，上联教人求学，下联教人做人，我不知道胡先生这一联发生了多少效果。这一联教训的意味很浓，胡先生自己亦不讳言他喜欢用教训的口吻。他常说：“说话而教人相信，必须斩钉截铁，咬牙切齿，翻来覆去的说。圣经里便是时常使用Verily，Verily以及Thoushaft等等的字样。”胡先生说话并不武断，但是语气永远是非常非常坚定的。

赵瓯北的一首诗“李杜诗篇万口传，至今已觉不新鲜，江山代有才人出，各领风骚五百年”，也是胡先生所爱好的，显然是因为这首诗的见解颇合于提倡新文学者的口味。胡先生到台湾后，有一天我请他到师大讲演，讲的是《中国文学的演变》，以六十八高龄的人犹能谈上两个钟头而无倦色。在休息的时间，《中国语文》月刊请他题字，他题了三十多年前的旧句：“山风吹散了窗纸上的松影，吹不散我心头的人影。”

胡先生毕生服膺科学，但是他对于中医问题的看法并不趋于极端，和傅斯年先生一遇到孔庚先生便脸红脖子粗的情形大不相同。（傅斯年先生反对中医，有一次和提倡中医的孔庚先生在国民参政会席上相对大骂几乎要挥老拳。）胡先生笃信西医，但也接受中医治疗。

十四年二月孙中山先生病危，从医院迁出，住进行馆，改试中医，由适之先生偕名医陆仲安诊视。这一段经过是大家知道的。陆仲安初无藉藉名，徽州人，一度落魄，住在绩溪会馆所以才认识胡先生，偶然为胡先生看病，竟奏奇效，故胡先生为他揄扬，名医之名不胫而走。事实上陆先生亦有其不平凡处，盛名固非幸致。十五六年之际，我家里有人患病即常延陆来诊。陆先生诊病，无模棱两可语，而且处方下药分量之重令人惊异。药必须要到同仁堂去抓，否则不悦。每服药必定是大大的一包，小一点的药锅便放不进去。贵重的药更要大量使用。他的理论是：看准了病便要投以重剂猛攻。后来在上海有一次胡先生请吃花酒，我发现陆先生亦为席上客，那时候他已是大腹便便、仆仆京沪道上专为要人治病的名医了。

胡先生左手背上有一肉瘤隆起，医师劝他割除，就在北平协和医院接受手术，他告诉我医师们动手术的时候，动用一切应有的设备，郑重其事的为他解除这一小患，那份慎重将事的态度使他感动。又有一次乘船到美国去开会，医师劝他先割掉盲肠再作海上旅行，以免途中万一遭遇病发而难以处治，他欣然接受了外科手术。

我没看见过胡先生请教中医或服中药，可是也不曾听他说过反对中医中药的话。

胡先生从来不在人背后说人的坏话，而且也不喜欢听人在他面前说别人的坏话。有一次他听了许多不相干的闲话之后喟然而叹曰：“来说是非者，便是是非人！”相反的，人有一善，胡先生辄津津乐道，真是口角春风。徐志摩给我的一封信里有“胡圣潘仙”

一语，是因为胡先生向有“圣人”之称，潘光旦只有一条腿可跻身八仙之列，并不完全是戏谑。

但是誉之所至，谤亦随之。胡先生到台湾来，不久就出现了《胡适与国运》匿名小册，（后来匿名者显露了真姓名）胡先生夷然处之，不予理会。胡先生兴奋的说，大陆上印出了三百万字清算胡适思想，言外之意《胡适与国运》太不成比例了。胡先生返台定居，本来是落叶归根非常明智之举，但也不是没有顾虑。首先台湾气候并不适宜。四十六年十一月二十五日给陈之藩先生的信就说：“请胸部大夫检查两次X光照片都显示肺部有弱点（旧的、新的），此君很不赞成我到台湾的‘潮冷’又‘潮热’的气候去久住。”但是四十五年十一月十八日给赵元任夫妇的信早就说过：“我现在的计划是要在台中或台北……为久居之计。不管别人欢迎不欢迎，讨厌不讨厌，我在台湾是要住下去的（我也知道一定有人不欢迎我长住下去）。”可见胡先生决意来台定居，医生的意见也不能左右他，不欢迎他的人只好写写《胡适与国运》罢了。

四十九年七月十日胡先生在西雅图举行“中美文化合作会议”发表的一篇讲演，是很重要的文献，原文是英文的，同年七月廿一、廿二、廿三，《中央日报》有中文译稿。在这篇讲演里胡先生历述中国文化之演进的大纲，结论是“我相信人道主义及理性主义的中国传统，并未被毁灭，且在所有情形下不能被毁灭”！大声疾呼，为中国文化传统作狮子吼，在座的中美听众一致起立欢呼鼓掌久久不停，情况是非常动人。事后有一位美国学者称道这篇演讲具有“丘吉尔作风”。我觉得像这样的言论才算得是宏扬中国文化。

当晚，在旅舍中胡先生取出一封复印信给我看，是当地主人华盛顿大学校长欧地嘉德先生特意复印给胡先生的。这封信是英文的，是中国人写的英文，起草的人是谁不问可知，是写给欧地嘉德的，具名连署的人不下十余人之多，其中有“委员”、有“教授”，有男有女。信的主旨大概是说：胡适是中国文化的叛徒，不能代表中国文化。此番出席会议未经合法推选程序，不能具有代表资格，特予郑重否认云云。我看过之后交还了胡先生，问他怎样处理，胡先生微笑着说：“不要理他！”我不禁想起《胡适与国运》。

胡先生在师大讲演中国文学的变迁，弹的还是他的老调。我给他录了音，音带藏师大文学院英语系。他在讲词中提到律诗及平剧，斥为“下流”。听众中喜爱律诗及平剧的人士大为惊愕，当时面面相觑，事后议论纷纷。我告诉他们这是胡先生数十年一贯的看法，可惊的是他几十年后一点也没有改变。中国律诗的艺术之美，平剧的韵味，都与胡先生始终无缘。八股、小脚、鸦片，是胡先生所最深恶痛绝的，我们可以理解。律诗与平剧似乎应该属于另一范畴。

胡先生对于禅宗的历史下过很多功夫，颇有心得，但是对于禅宗本身那一套奥义并无好感。有一次朋友宴会饭后要大家题字，我偶然的写了“无门关”的一偈，胡先生看了很吃一惊，因此谈起禅宗，我提到日本铃木大拙所写的几部书，胡先生正色说：“那是骗人的，你不可信他。”

忆老舍

我最初读老舍的《赵子曰》《老张的哲学》《二马》，未识其人，只觉得他以纯粹的北平土语写小说颇为别致。北平土语，像其他主要地区的土语一样，内容很丰富，有的是俏皮话儿，歇后语，精到出色的明喻暗譬，还有许多有声无字的词字。如果运用得当，北平土话可说是非常的生动有趣；如果使用起来不加检点，当然也可能变成为油腔滑调的“耍贫嘴”。以土话入小说本是小说家常用的一种技巧，可使对话格外显得活泼，可使人物个性格外显得真实突出。若是一部小说从头到尾，不分对话叙述或描写，一律使用土话，则自《海上花》一类的小说以后并不多见。我之所以注意老舍的小说者尽在于此。胡适先生对于老舍的作品评价不高，他以为老舍的幽默是勉强造作的。但一般人觉得老舍的作品是可以接受的，甚至颇表欢迎。

抗战后，老舍有一段期间住在北碚，我们时相过从。他又黑又瘦，甚为憔悴，平常总是伛偻着腰，迈着四方步，说话的声音低沉，徐缓，但是有风趣。他和王老向住在一起，生活当然是很清苦的。在名义上他是中国文艺界抗敌协会的负责人，事实上这个组织的分子很复杂，有不少野心分子企图从中操纵把持。老舍对待谁都是一样的和蔼亲切，存心厚道，所以他的人缘好。

有一次北碚各机关团体以国立编译馆为首发起募款劳军晚会，一连两晚，盛况空前，把北碚儿童福利试验区的大礼堂挤得水泄不通。国立礼乐馆的张充和女士多才多艺，由我出面邀请，会同编译馆的姜作栋先生（名伶钱金福的弟子），合演一出《刺虎》，唱做之佳至今令人不能忘。在这一出戏之前，垫一段对口相声。这是老舍自告奋勇的，蒙他选中了我做搭档，头一晚他“逗哏”我“捧哏”，第二晚我逗他捧，事实上挂头牌的当然应该是他。他对相声特有研究，在北平长大的谁没有听过焦德海草上飞？但是能把相声全本大套的背诵下来则并非易事。如果我不答应上台，他即不肯露演，我为了劳军只好勉强同意。老舍嘱咐我说：“说相声第一要沉得住气，放出一副冷面孔，永远不许笑，而且要控制住观众的注意力，用干净利落的口齿在说到紧要处使出全副气力斩钉断铁一般迸出一句俏皮话，则全场必定爆出一片彩声哄堂大笑，用句术语来说，这叫作‘皮儿薄’，言其一戳即破。”我听了之后连连辞谢说：“我办不了，我的皮儿不薄。”他说：“不要紧，咱们练着瞧。”于是他把词儿写出来，一段是《新洪羊洞》，一段是《一家六口》，这都是老相声，谁都听过，相声这玩艺儿不嫌其老，越是经过千锤百炼的玩艺儿越惹人喜欢，借着演员的技艺风度之各有千秋而永远保持新鲜的滋味。相声里面的粗俗玩笑，例如“爸爸”二字刚一出口，对方就得赶快顺口答腔的说声“啊”，似乎太无聊，但是老舍坚持不能删免，据他看相声已到了至善至美的境界，不可稍有损益。是我坚决要求，他才同意在用折扇敲头的时候只要略为比划而无需真打。我们认真的排练了好多次。到了上演的那一天，我们走到台的前边，泥雕木塑一般绷着脸肃立片刻，观众已经笑不可抑，以后几乎只能在阵阵笑声之间的空隙进行对话。该用折扇敲头的时候，老舍不知是一时激动忘形，还是有意违反诺言，抡起大折扇狠狠的向我打来，我看来势不善，向后一闪，折扇正好打落了我的眼镜，说时迟，那时快，我手掌向上两手平伸，正好托住那落下来的眼镜，我保持那个姿势不动，彩声历久不绝，有人以为这是一手绝活儿，还高呼："再来一回！"

我们那一次相声相当成功，引出不少人的邀请，我们约定不再露演，除非是至抗战胜利再度劳军的时候。

老舍的才华是多方面的，长短篇的小说，散文，戏剧，白话诗，无一不能，无一不精。而且他有他的个性，绝不俯仰随人。我现在捡出一封老舍给我的信，是他离开北碚之后写的，那时候他的夫人已自北平赶来四川，但是他的生活更陷于苦闷。他患有胃下垂的毛病，割盲肠的时候用一小时余还寻不到盲肠，后来在腹部的左边找到了。这封信附有七律五首，由此我们也可窥见他当时的心情的又一面。

前几年王敬羲从香港剪写老舍短文一篇，可惜未注明写作或发表的时间及地点，题为《春来忆广州》，看他行文的气质，已由绚烂趋于平淡，但是有一缕惆怅悲哀的情绪流露在字里行间。听说他去年已作了九泉之客，又有人说他尚在人间。是耶非耶，其孰能辨之？兹将这一小文附录于后：

春来忆广州

我爱花。因气候、水土等等关系，在北京养花，颇为不易。冬天冷，院里无法摆花，只好都搬到屋里来。每到冬季，我的屋里总是花比人多，形势逼人！屋中养花，有如笼中养鸟，即使用心调护，也养不出个样子来。除非特建花室，实在无法解决问题。我的小院里，又无隙地可建花室！

一看到屋中那些半病的花草，我就立刻想起美丽的广州来。去年春节后，我不是到广州住了一个月吗？哎呀，真是了不起的好地方！人极热情，花似乎也热情！大街小巷，院里墙头，百花齐放，欢迎客人，真是“交友看花在广州”啊！

在广州，对着我的屋门便是一株象牙红，高与楼齐，盛开着一丛红艳夺目的花儿，而且经常有很小的小鸟，钻进那朱红的小“象牙”里，如蜂采蜜。真美！只要一有空儿，我便坐在阶前，看那些花与小鸟。在家里，我也有一棵象牙红，可是高不及三尺，而且是种在盆子里。它入秋即放假休息，入冬便睡大觉，且久久不醒，直到端阳左右，它才开几朵先天不足的小花，绝对没有那种秀气的小鸟作伴！现在，它正在屋角打盹，也许跟我一样，正想念它的故乡广东吧？

春天到来，我的花草还是不易安排：早些移出去吧，怕风霜侵犯；不搬出去吧，又都发出细条嫩叶，很不健康。这种细条子不会长出花来。看着真令人焦心！

好容易盼到夏天，花盆都运至院中，可还不完全顺利。

院小，不透风，许多花儿便生了病。特别由南方来的那些，如白玉兰、栀子、茉莉、小金桔、茶花……也不知怎么就叶落枝枯，悄悄死去。因此，我打定主意，在买来这些比较娇贵的花儿之时，就认为它们不能长寿，尽到我的心，而又不作幻想，以免枯死的时候落泪伤神。同时，也多种些叫它死也不肯死的花草。如夹竹桃之类，以期老有些花儿看。

夏天，北京的阳光过暴，而且不下雨则已，一下就是倾盆倒海而来，势不可当，也不利于花草的生长。

秋天较好，可是忽然一阵冷风，无法预防，娇嫩些的花儿就受了重伤。于是，全家动员，七手八脚，往屋里搬呀，各屋里都挤满了花盆，人们出来进去都须留神，以免绊倒！

真羡慕广州的朋友们，院里院外，四季有花，而且是多么出色的花呀！白玉兰高达数丈，干子比我的腰还粗！英雄气概的木棉，昂首天外，开满大红花，何等气势！就连普通的花儿，四季海棠与绣球什么的，也特别壮实，叶茂花繁，花小而气魄不小！看，在冬天，窗外还有结实累累的木瓜呀！真没法儿比！一想起花木，也就更想念朋友们！

忆沈从文

五十七年六月九日《中央日报》方块文章井心先生记载着："以写作手法新颖，自成一格……的作者沈从文，不久以前，在大陆因受不了迫害而死。听说他喝过一次煤油，割过一次静脉，终于带着不屈服的灵魂而死去了。"

接着又说："他出身行伍，而以文章闻名；自称小兵，而面目姣好如女子，说话、态度尔雅、温文……""他写得一手娟秀的《灵飞经》……"这几句话描写得确切而生动，使我想起沈从文其人。

我现在先发表他一封信，大概是民国十九年间他在上海时候写给我的。信的内容没有什么可注意的，但是几个字写得很挺拔而俏丽。他最初以"休芸芸"的笔名向《晨报副镌》投稿时，用细尖钢笔写的稿子就非常的出色，徐志摩因此到处揄扬他。后来他写《阿丽丝中国游记》分期刊登《新月》，我才有机会看到他的笔迹，果然是秀劲不凡。

从文虽然笔下洋洋洒洒，却不健谈，见了人总是低着头羞答答的，说话也是细声细气。关于他"出身行伍"的事他从不多谈。

他在十九年三月写过一篇《从文自序》，关于此点有清楚的交代，他说："因为生长地方为清时屯戍重镇，绿营制度到近年尚依然存在，故于过去祖父曾入军籍，做过一次镇守使，现在兄弟及父亲皆仍在军籍中做中级军官。因地方极其偏僻，与苗民杂处聚居，教育文化皆极低落，故长于其环境中的我，幼小时显出生命的那一面，是放荡与诡诈。十二岁我曾受过关于军事的基本训练，十五岁时随军外出曾作上士。后到沅州，为一城区屠宰收税员，不久又以书记名义，随某剿匪部队在川、湘、鄂、黔四省边上过放纵野蛮约三年。因身体衰弱，年龄渐长，从各样生活中养成了默想与体会人生趣味的习惯，对于过去生活有所怀疑，渐觉有努力位置自己在一陌生事业上之必要。因这憧憬的要求，胡胡涂涂的到了北京。"这便是他早年从军经过的自白。

由于徐志摩的吹嘘，胡适之先生请他到中国公学教国文，这是一件极不寻常的事，因为一个没有正常的适当的学历资历的青年而能被人赏识于牝牡骊黄之外，是很不容易的。从文初登讲坛，怯场是意中事，据他自己说，上课之前作了充分准备，以为资料足供一小时使用而有余，不料面对黑压压一片人头，三言两语的就把要说的话都说完了，剩下许多时间非得临时编造不可，否则就要冷场，这使他颇为受窘。一位教师不善言辞，不算是太大的短处，若是没有足够的学识便难获得大家的敬服。因此之故，从文虽然不是顶会说话的人，仍不失为成功的受欢迎的教师。记问之学不足以为人师，需要有启发别人的力量才不愧为人师，在这一点上从文有他独到之处，因为他有丰富的人生经验和好学深思的性格。

在中国公学一段时间，他最大的收获大概是他的婚姻问题的解决。

英语系的女生张兆和女士是一个聪明用功而且秉性端庄的小姐，她的家世很好，多才多艺的张充和女士便是她的胞姊。从文因授课的关系认识了她，而且一见钟情。凡是沉默寡言笑的人，一旦堕入情网，时常是一往情深，一发而不可收拾。从文尽管颠倒，但是没有得到对方青睐。他有一次急得想要跳楼。他本有流鼻血的毛病，几番挫折之后苍白的面孔愈发苍白了。他会写信，以纸笔代喉舌。张小姐实在被缠不过，而且师生恋爱声张开来也是令人很窘的，于是有一天她带着一大包从文写给她的信去谒见胡校长，请他做主制止这一扰人举动的发展。她指出了信中这样的一句话："我不仅爱你的灵魂，我也要你的肉体。"她认为这是侮辱。胡先生皱着眉头，板着面孔，细心听她陈述，然后绽出一丝笑容，温和的对她说："我劝你嫁给他。"张女士吃一惊，但是禁不住胡先生诚恳的解说，居然急转直下默不做声的去了。胡先生曾自诩善于为人作伐，从文的婚事得谐便是他常常乐道的一例。

在青岛大学从文教国文，大约一年就随扬振声（今甫）先生离开青岛到北平居住。今甫到了夏季就搬到颐和园赁屋消暑，和他作伴的一位干女儿，自称过的是帝王生活，悠哉游哉的享受那园中的风光湖色。此时从文给今甫做帮手，编中学国文教科书，所以也常常在颐和园出出进进。书编得很精彩，偏重于趣味，可惜不久抗战军兴，书甫编竣，已不合时代需要，故从未印行。

从文一方面很有修养，一方面也很孤僻，不失为一个特立独行

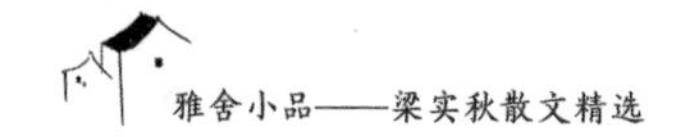

之士。像这样不肯随波逐流的人，如何能不做了时代的牺牲？他的作品有四十几种，可谓多产，文笔略带欧化语气，大约是受了阅读翻译文学作品的影响。

此文写过，又不敢相信报纸的消息，故未发表。读聂华苓女士作《沈从文评传》（英文本，1972年纽约Twayne Publishers出版），果然好像从文尚在人间。人的生死可以随便传来传去，真是人间何世!

第二辑　雅舍品世

我常幻想着“风雨故人来”的境界，在风飒飒雨霏霏的时候，心情枯寂百无聊赖，忽然有客款扉，把握言欢，莫逆于心。

过年

我小时候并不特别喜欢过年，除夕要守岁，不过十二点不能睡觉，这对于一个习于早睡的孩子是一种煎熬。前庭后院挂满了灯笼，又是宫灯，又是纱灯，烛光辉煌，地上铺了芝麻秸儿，踩上去咯咯吱吱响，这一切当然有趣，可是寒风凛冽，吹得小脸儿通红，也就很不舒服。炕桌上呼卢喝雉，没有孩子的份。压岁钱不是白拿，要叩头如捣蒜。大厅上供着祖先的影相，长辈指点曰："这是你的曾祖父，曾祖母，高祖父，高祖母……"虽然都是岸然道貌微露慈祥，我尚不能领略慎终追远的意义。"姑娘爱花小子要炮……"我却怕那大麻雷子、二踢脚子。别人放鞭炮，我躲在屋里捂着耳朵。每人分一包杂拌儿，哼，看那桃脯，蜜枣沾上的一层灰尘，怎好往嘴里送？年夜饭照例是特别丰盛的。大年初一不动刀，大家歇工，所以年菜事实上即是大锅菜。大锅的炖肉，加上粉丝是一味，加上蘑菇又是一味；大锅的炖鸡，加上冬笋是一味，加上番薯又是一味，都放在特大号的锅、罐子、盆子里，此后随取随吃，历十余日不得罄，事实上是天天打扫剩菜。满缸的馒头，满缸的腌白菜，满缸的咸疙瘩，不知道什么时候才可以见底。芥末堆儿、素面筋、十香菜比较的受欢迎。除夕夜，一交子时，煮饽饽端上来了。我困得低枝倒挂，哪有胃口去吃？胡乱吃两个，倒头便睡，不知东方之既白。

初一特别起得早，梳小辫儿，换新衣裳，大棉袄加上一件新蓝布罩袍、黑马褂、灰鼠绒绿鼻脸儿的靴子。见人就得请安，口说："新禧。"日上三竿，骡子轿车已经套好，跟班的捧着拜匣，奉命到几家最亲近的人家拜年去也。如果运气好，人家"挡驾"，最好不过，递进一张帖子，掉头就走。否则一声"请"，便得升堂入室，至少要朝上磕三个头，才算礼成。这个差事我当过好几次，从心坎儿觉得窝囊。

民国前一两年，我的祖父母相继去世，由我父亲领导在家庭生活方式上做维新运动，革除了许多旧习，包括过年的仪式在内。我不再奉派出去挨门磕头拜年。我从此不再是磕头虫儿。过年不再做年菜，而向致美斋定做八道大菜及若干小菜，分装四个圆笼，除日挑到家中，自己家里也购备一些新鲜菜蔬以为辅佐。一连若干天顿顿吃煮饽饽的怪事，也不再在我家出现。我父亲说："我愿在哪一天过年就在哪一天过年，何必跟着大家起哄？"逛厂甸，我们是一定要去的，不是为了喝豆汁儿、吃煮豌豆，或是那大糖葫芦，是为了要到海王村和火神庙去买旧书。白云观我们也去过一次，一路上吃尘土，庙里面人挤人，哪里有神仙可会，我再也不做第二次想。过年时，我最难忘的娱乐之一是放风筝，风和日丽的时候，独自在院子里挑起一根长竹竿，一手扶竿，一手持线桄子，看着风筝冉冉上升，御风而起，霎时遇到罡风，稳稳的停在半天空，这时候虽然冻得涕泗横流，而我心滋乐。

民国元年初，大总统袁世凯嗾使曹锟驻禄米仓部队兵变，大掠平津，那一天正是阴历正月十二，给万民欢腾的新年假期做了一个悲惨而荒谬的结束，从此每个新年我心里就有一个驱不散的阴影。大家都说恭贺新禧，我不知喜从何来。

婚礼

一般人形容一般的婚礼为“简单隆重”。又简单又隆重，再好不过。但是细想，简单与隆重颇不容易合在一起。隆是隆盛的意思，重是郑重的意思，与简单一义常常似有出入。烫金红帖漫天飞，席开十桌八桌乃至二三十桌，杯盘狼藉，嘈杂喧豗。新娘三换服装，做时装表演，正好违反了蔡邕“一朝之晏，再三易衣，和居移坐，不因故服”的“女训”。新郎西服笔挺，呆若木鸡。证婚人语言无味，介绍人嬉皮笑脸，主婚人形如木偶。隆则隆矣，重则未必，更不能算简单。

我国婚礼，自古就不简单。《礼记·昏义》：“昏礼者，将合二姓之好，上以事宗庙，而下以继后世也，故君子重之。”传宗接代的事，所以要隆重。“是以昏礼纳采，问名，纳吉，纳征，请期，皆主人筵几于庙，而拜迎于门外，入，揖让而升，听命于庙，所以敬慎重正昏礼也。”随后就是新郎亲迎，女家“筵几于庙”，婿揖让升堂，再拜奠雁。最后是迎妇以归，“共牢而食，合卺而酳”，大事告成。这一套仪式，若干年来，当然有不少的修改，但是基本的精神大致未变，仍是铺张扬厉，仍是以父母为主体，以当事人为主要工具。男娶妇曰授室，女嫁夫曰于归。

民初以来所谓文明结婚的仪式，一直沿用到现在，其实不见得怎样文明。最令人不解的是仪式之中冒出来一个证婚人——多半是一个机关首长什么的，再不就是一位年高确实有征而德劭尚待稽考的人，他的任务是宣读结婚证书，然后说几句空空洞洞的废话。从前有“新娘搀上床，媒人扔过墙”之说，如今则是证婚人等到大家用过印，就被人挟持扶下台。如果他运气好，会有人领他到铺红桌布的主要席次，在新郎新娘高居首席之下敬陪末座。否则下得台来，没有人理，在拥挤的席次之间彷徨逡巡一阵，臊不搭的只好溜走了事。若是婚后数日，男家家长带着儿子媳妇和一篮水果什么的到证婚人家中拜谢，那是难得一见的殊荣。

新娘由两个伴娘左右扶持也就够排场的了，但是近来还经常有人采用西俗，由女方男性家长（或代理家长）挟持着新娘，把她“送给”男方。而且还要按着一架破钢琴（或录音机）奏出的进行曲的节奏，缓缓的以蜗步走到台前。也有人不知受了什么高人导演，一步一停，像玩偶中的机器人一样的动作有节。为什么新娘要由男性家长“送给”人，而不由女性家长把她送出去？为什么新郎老早地就站在那里，等候接收新娘，而不是由家长挟持着把他“送给”新娘？究竟有无道理？

子曰：“礼，与其奢也宁俭。”是泛指一般的礼而言，当然也包括婚礼在内。在这里俭也就是简单的意思。西俗婚礼较为简单，但是他们有人还嫌不够简单。从前，苏格兰敦福利县春田乡附近有一个小村落格莱特纳（Gretna），离英格兰西北部的卡利尔只有八里，那个地方的结婚典礼既不需牧师主持，亦不必请领什么证书，更不要预告的那种手续，只要双方当事人对一位证人宣称同意结婚就行了。而那位证人通常是当地的铁匠。一时的私奔的男女趋之若鹜。号称为“格莱特纳草原结婚”（Gretna Green Marriages）。这风俗延至一八五六年才告终止。这方式简单之至，实在也没有什么不好，不晓得何以终于废弃。结婚是两个人的事，何须牧师参与其间。男女相悦，欲结秦晋之好，也没有绝对必要征求家长同意。必须要个证人，表示其非私奔，则乡村铁匠最为便当。从前一个乡村铁匠是当地尽人皆知的一个响当当的人物。在铁匠面前，三言两语把终身大事解决了，岂非简单之至？

听说美国近年来有所谓“快速结婚”。南卡罗来纳州迪朗市政府公证处设立了一个结婚礼堂，除圣诞节休息一日外，全年开放，周末还特别延长服务时间。凡年满十六岁男子与年满十四岁女子，无论来自何处，不需体检，不必验血，一律欢迎。只需家长同意，于二十四小时前申请，缴注册费四十元，公证处即派员主持结婚典礼，费时不超过五分钟。结婚人不必穿礼服，任何服装均可，牛仔裤、衬衫、工作服任听尊便。简单迅速，皆大欢喜。五分钟完成婚礼不一定就是不隆重，婚礼本不是表演给人观赏的。我国法院的公证结婚相当简单，不过也还要有一位法官行礼如仪，似嫌多事。那位法官所披的法衣，白领往往蓝黑，和新娘的白纱礼服不大相称。公证结婚之后，也曾有人再行大宴宾客，借用学校礼堂操场席开一二百桌，好像是十分风光，实则几近荒唐，人人为之侧目。当然这种荒唐闹剧也不是完全没有道理的，有人估计，像这样的敬治喜筵可以收回为数可观的喜敬，用以开销尚有余羡。此种行径，名曰：“撒网。”距离隆重之义何止十万八千里。

听说有人结婚不在教堂行礼，也不在家里或是餐厅里，而是在运动场里、滑冰场上、游览车中，甚至不在地面上而是在天空的飞机里面。地点的选择是人人有自由的，制造噱头也不犯法。成为新闻有人还很得意。

然则婚礼如何才能简单隆重？初步的建议是，做父母的退出主办的地位，别乱发请帖，因为令郎令爱的婚事别人并不感觉兴趣。在家里静静的等着抱孙子就可以了。至于婚礼，让小两口子自己瞧着办。

好书谈

从前有一个朋友说，世界上的好书，他已经读尽，似乎再没有什么好书可看了。当时许多别的朋友不以为然，而较长一些的朋友就更以为狂妄。现在想想，却也有些道理。

世界上的好书本来不多，除非爱书成癖的人（那就像抽鸦片抽上瘾一样的），真正心悦诚服的手不释卷，实在有些稀奇。还有一件最令人气短的事，就是许多最伟大的作家往往没有什么凭借，但却做了后来二三流的人的精神上的财源了。柏拉图、孔子、屈原，他们一点一滴，都是人类的至宝，可是要问他们从谁学来的，或者读什么人的书而成就如此，恐怕就是最善于说谎的考据家也束手无策。这事有点儿怪！难道真正伟大的作家，读书不读书没有什么关系么？读好书或读坏书也没有什么影响么？

叔本华曾经说好读书的人就好像惯于坐车的人，久而久之，就不能在思想上迈步了。这真唤醒人的迷梦不小！小说家瓦塞曼竟又说过这样的话，认为倘若为了要鼓起创作的勇气，只有读二流的作品。因为在读二流的作品的时候，他可以觉得只要自己一动手就准强。倘读第一流的作品却往往叫人减却了下笔的胆量。这话也不能说没有部分的真理。

也许世界上天生有种人是作家，有种人是读者。这就像天生有种人是演员，有种人是观众；有种人是名厨，有种人却是所谓老饕。演员是不是十分热心看别人的戏，名厨是不是爱尝别人的菜，我也许不能十分确切地肯定，但我见过一些作家，却确乎不大爱看别人的作品。如果是同时代的人，更如果是和自己的名气不相上下的人，大概尤其不愿意寓目。我见过一个名小说家，他的桌上空空如也，架上仅有的几本书是他自己的新著，以及自己所编过的期刊。我也曾见过一个名诗人（新诗人），他的惟一读物是《唐诗三百首》，而且在他也尽有多余之感了。这也不一定只是由于高傲，如果分析起来，也许是比高傲还复杂的一种心理。照我想，也许是真像厨子（哪怕是名厨），天天看见油锅油勺，就腻了。除非自己逼不得已而下厨房，大概再不愿意去接触这些家伙，甚而不愿意见一些使他可以联想到这些家伙的物事。职业的辛酸，也有时是外人不晓得的。唐代的阎立本不是不愿意自己的儿子再做画师么？以教书为生活的人，也往往看见别人在声嘶力竭的讲授，就会想到自己，于是觉得“惨不忍闻”。做文章更是一桩呕心血的事，成功失败都要有一番产痛，大概因此之故不忍读他人的作品了。

撇开这些不说，站在一个纯粹读者而论，却委实有好书不多的实感。分量多的书，糟粕也就多。读读杜甫的选集十分快意，虽然有些佳作也许漏过了选者的眼光。读全集怎么样？叫人头痛的作品依然不少。据说有把全集背诵一字不遗的人，我想这种人不是缺乏美感，就只是为了训练记忆。顶讨厌的集子更无过于陆放翁，分量那么大，而佳作却真寥若晨星。反过来，《古诗十九首》，郭璞游仙诗十四首却不能不叫人公认为人类的珍珠宝石。钱钟书的小说里曾说到一个产量大的作家，在房屋恐慌中，忽然得到一个新居，满心高兴，谁知一打听，才知道是由于自己的著作汗牛充栋的结果，把自己原来的房子压塌，而一直落在地狱里了。这话诚然有点儿刻薄，但也许对于像陆放翁那样不知趣的笨伯有一点点儿益处。

古今来的好书，假若让我挑选，我举不出十部。而且因为年龄环境的不同，也不免随时有些更易。单就目前论，我想是：《柏拉图对话录》《论语》《史记》《世说新语》《水浒传》《庄子》《韩非子》，如此而已。其他的书名，我就有些踌躇了。或者有人问：你自己的著作可以不可以列上？我很悲哀，我只有毫不踌躇的放弃附骥之想了。一个人有勇气（无论是糊涂或欺骗）是可爱的，可惜我不能像上海某名画家，出了一套世界名画选集，却只有第一本，那就是他自己的“杰作”！

不亦快哉

金圣叹作“三十三不亦快哉”，快人快语，读来亦觉快意。不过快意之事未必人人尽同，因为观点不同时势有异。就观察所及，试编列若干则如下。

其一，晨光熹微之际，人牵犬（或犬牵人），徐步红砖道上，呼吸新鲜空气，纵犬奔驰，任其在电线杆上或新栽树上便溺留念，或是在红砖上排出一摊狗屎以为点缀。庄子曰：道在屎溺。大道无所不在，不简秽贱，当然人犬亦应无所差别。人因散步而精神爽，犬因排泄而一身轻，而且可以保持自己家门以内之环境清洁，不亦快哉！

其一，烈日下行道上，口燥舌干，忽见路边有卖甘蔗者，急忙买得两根，一手挥舞，一手持就口边，才咬一口即入佳境，随走随嚼，旁若无人，蔗滓随嚼随吐。人生贵适意，兼可为“你丢我捡”者制造工作机会，潇洒自如，不亦快哉！

其一，早起，穿着有条纹的睡衣裤，趿着凉鞋，抱红泥小火炉置街门外，手持破蒲扇，对着火炉徐徐扇之，俄而浓烟上腾，火星四射，直到天地氤氲，一片模糊。烟火中人，谁能不事炊爨？这是表示国泰民安，有米下锅，不亦快哉！

其一，天近黎明，牌局甫散，匆匆登车回府。车进巷口距家门尚有三五十码之处，任司机狂按喇叭，其声呜呜然，一声比一声近，一声比一声急，门房里有人竖着耳朵等候这听惯了的喇叭声已久，于是在车刚刚开到之际，两扇黑漆大铁门呀然而开，然后又轰的一声关闭。不费吹灰之力就使得街坊四邻矍然惊醒，翻个身再也不能入睡，只好瞪着大眼等待天明。轻而易举地执行了牝鸡司晨的事务，不亦快哉！

其一，放学回家，精神愉快，一路上和伙伴们打打闹闹、说说笑笑，尚不足以畅叙幽情，忽见左右住宅门前都装有电铃，铃虽设而常不响，岂不形同虚设？于是举臂舒腕，伸出食指，在每个钮上按戳一下。随后，就有人仓皇应门，有人倒屣而出，有人厉声叱问，有人伸头探问而瞠目结舌。躲在暗处把这些现象尽收眼底，略施小技，无伤大雅，不亦快哉！

其一，隔着墙头看见人家院内有葡萄架，结实累累，虽然不及"草龙珠"那样圆、"马乳"那样长、"水晶"那样白，看着纵不流涎三尺，亦觉手痒。爬上墙头，用竹竿横扫之，狼藉满地，损人而不利己，索性呼朋引类乘昏夜越墙而入，放心大胆，各尽所能，各取所需，饱餐一顿。松鼠偷葡萄，何须问主人，不亦快哉！

其一，通衢大道，十字路口，不许人行。行人必须上天桥，下地道，岂有此理！豪杰之士不理会这一套，直入虎口，左躲右闪，居然波罗蜜多达彼岸，回头一看天桥上黑压压的人群犹在蠕动，路边的警察戟指大骂，暴躁如雷，而无可奈我何。这时节颔首示意，报以微笑，扬长而去，不亦快哉！

其一，宋周紫芝《竹坡诗话》：“……有一人，极廉介，一日有家问，即令灭官烛，取私烛阅书，阅毕，命秉官烛如初。”做官的人迂腐若是，岂不可嗤！衙门机关皆有公用之信纸信封，任人领用，从中抓起一叠塞入公事包里，带回家去，可供写私信、发请柬、寄谢帖之用，顺手牵羊，取不伤廉，不亦快哉！

其一，逛书肆，看书展，琳琅满目，真是到了琅嬛福地。趁人潮拥挤看守者穷于肆应之际，纳书入怀，携归细赏，虽蒙贼名，不失为雅，不亦快哉！

其一，电话铃响，错误常居十之二三，且常于高枕而眠之时发生，而其人声势汹汹，了无歉意，可恼可恼。在临睡之前或任何不欲遭受干扰的时间，把电话机翻转过来，打开底部，略做手脚，使铃变得暗哑。如是则电话可以随时打出去，而外面无法随时打进来，主动操之于我，不亦快哉！

其一，生儿育女，成凤成龙，由大学卒业，而漂洋过海，而学业有成，而落户定居，而缔结良缘。从此螽斯衍庆，大事已毕，允宜在报端大刊广告，红色套印，敬告诸亲友，兼令天下人闻知，光耀门楣，不亦快哉！

音乐

一个朋友来信说：“……我从来没有像现在这样烦恼过。住在我的隔壁的是一群在×××服务的女孩子，一回到家便大声歌唱，所唱的无非是些××歌曲，但是她们的腔调证明她们从来没有考虑过原制曲者所要产生的效果。我不能请她们闭嘴，也不能喊‘通’！只得像在理发馆洗头时无可奈何的用棉花塞起耳朵来……”

我同情于这位朋友。但是他的烦恼不是他一个人有的。我曾想，音乐这样东西，在所有的艺术里，是最富于侵略性的。别种艺术，如图画雕刻，都是固定的，你不高兴欣赏便可以不必寓目，各不相扰；惟独音乐，声音一响，随着空气波荡而来，照直侵入你的耳朵，而耳朵平常都是不设防的，只得毫无抵御的任它震荡刺激。自以为能书善画的人，诚然也有令人不舒服的时候；据说有人拿着素扇跪在一位书画家面前，并非敬求墨宝，而是求他高抬贵手，别糟蹋他的扇子。这究竟是例外情形。书家画家并不强迫人家瞻仰他的作品，而所谓音乐也者，则对于凡是在音波所及的范围以内的人，一律强迫接受，也不管其效果是沁人肺腑，抑是令人作呕。

我的朋友对于隔壁音乐表示不满，那情形还不算严重；我曾经领略过一次四人合唱，使我以后对于音乐会一类的集会，轻易不敢问津。一阵彩声把四位歌者送上演台，钢琴声响动，四位歌者同时张口，我登时感觉到有五种高低疾徐全然不同的调子乱擂我的耳鼓，四位歌者唱出四个调子，第五个声音是从钢琴里发出来的！五缕声音搅作一团，全不和谐。当时我就觉得心旌战动，飘飘然如失却重心，又觉得身临歧路，彷徨无主的样子。我回顾四座，大家都面面相觑，好像都各自准备逃生，一种分崩离析的空气弥漫于全室。像这样的音乐是极伤人的。

“音乐的耳朵”不是人人有的，这一点我承认，也许我就是缺乏这种耳朵。也许是我环境不好，使我的这种耳朵，没有适当的发育。我记得在学校宿舍里住的时候，对面楼上住着一位音乐家，还是“国乐”，每当夕阳下山，他就临窗献技，引吭高歌，配合着胡琴他唱“我好比……”在这时节我便按捺不住，颇想走到窗前去大声的告诉他，他好比是什么。我顶怕听胡琴，北平最好的名手××我也听过多少次数，无论他技巧怎样纯熟，总觉得唧唧的声音像是指甲在玻璃上抓。别种乐器，我都不讨厌，曾听古琴弹奏一段《梧桐雨》，琵琶乱弹一段《十面埋伏》，都觉得那确是音乐，惟独胡琴与我无缘。莎士比亚的《威尼斯商人》里曾说起有人一听见苏格兰人的风笛便要小便，那只是个人的怪癖。我对胡琴的反感亦只是一种怪癖罢？皮黄戏里的青衣花旦之类，在戏院广场里令人毛发倒竖，若是清唱，则尤不可当，嘤然一叫，我本能的要抬起我的脚来，生怕是脚底下踩了谁的脖子！近听汉戏，黑头花脸亦唧唧锐叫，令人坐立不安；秦腔尤为激昂，常令听者随之手忙脚乱，不能自已。我可以听音乐，但若声音发自人类的喉咙，我便看不得粗了脖子红了脸的样子。我看着危险！我着急。

真正听京戏的内行人怀里揣着两包茶叶，踱到边厢一坐，听到妙处，摇头摆尾，随声击节，闭着眼睛体味声调的妙处，这心情我能了解，但是他付了多大的代价！他听了多少不愿意听的声音才能换取这一点音乐的陶醉！到如今，听戏的少，看戏的多。唱戏的亦竟以肺壮气长取胜，而不复重韵味，惟简单节奏尚是多数人所能体会，铿锵的锣鼓，油滑的管弦，都是最简单不过的，所以缺乏艺术教养的人，如一般大腹贾，大人先生，大学教授，大家闺秀，大名士，大豪绅，都趋之若鹜，自以为是在欣赏音乐！

在中西文化的交流中，我们的音乐（戏剧除外）也在蜕变，从《毛毛雨》起以至于现在流行的×××之类，都是中国小调与西洋某一级音乐的混合，时而中菜西吃，时而西菜中吃，将来成为怎样的定型，我不知道。我对音乐既不能作丝毫贡献，所以也很坦然的甘心放弃欣赏音乐的权利，除非为了某种机缘必须“共襄盛举”不得不到场备员。至于像我的朋友所抱怨的那种隔壁歌声，在我则认为是一种不可避免的自然现象，恰如我们住在屠宰场的附近便不能不听见猪叫一样，初听非常凄绝，久后亦就安之。夜深人静，荒凉的路上往往有人高唱“一马离了西凉界，……”我原谅他，他怕鬼，用歌声来壮胆，其行可恶，其情可悯。但是在天微明时练习吹喇叭，则是我所不解。“打——搭——大——滴”一声比一声高，高到声嘶力竭，吹喇叭的人显然是很吃苦，可是把多少人的睡眠给毁了。为什么不在另一个时候练习呢?

在原则上，凡是人为的音乐，都应该宁缺毋滥。因为没有人为的音乐，顶多是落个寂寞。而按其实，人是不会寂寞的。小孩的哭声、笑声，小贩的吆喝声，邻人的打架声，市廛的喧豗声，到处"吃饭了吗""吃饭了么"的原是应酬而现在变成性命交关的回答声——实在寂寞极了。还有村里的鸡犬声，最令人难忘的还有所谓天籁。秋风起时，树叶飒飒的声音，一阵阵袭来，如潮涌，如急雨，如万马奔腾，如衔枚疾走;风定之后，细听还有枯干的树叶一声声的打在阶上。秋雨落时，初起如蚕食桑叶，窸窸窣窣，继而淅淅沥沥，打在蕉叶上清脆可听。风声雨声，再加上虫声鸟声，都是自然的音乐，都能使我发生好感，都能驱除我的寂寞，何贵乎听那"我好比……我好比……"之类的歌声?然而此中情趣，不足为外人道也。

信

早起最快意的一件事，莫过于在案上发现一大堆信——平、快、挂，七长八短的一大堆。明知其间未必有多少令人欢喜的资料，大概总是说穷诉苦琐屑累人的居多，常常令人终日寡欢，但是仍希望有一大堆信来。Marcus Aurelius曾经说："每天早晨离家时，我对自己说，'我今天将要遇见一个傲慢的人，一个忘恩负义的人，一个说话太多的人。这些人之所以如此，乃是自然而且必要的，所以不要惊讶。'"我每天早晨拆阅来信，亦先具同样心理，不但不存奢望，而且预先料到我今天将要接到几封催命符式的讨债信，生活比我优裕而反来向我告贷的信，以及看了不能令人喜欢的喜柬，不能令人不喜欢的讣闻等。世界上是有此等人，此等事，所以我当然也要接得此等信，不必惊讶。最难堪的，是遥望绿衣人来，总是过门不入，那才是莫可名状的凄凉，仿佛有被人遗弃之感。

有一种人把自己的文字润格定得极高，颇有一字千金之概，轻易是不肯写信的。你写信给他，永远是石沉大海。假如忽然间朵云遥颁，而且多半是又挂又快，隔着信封摸上去，沉甸甸的，又厚又重——放心，里面第一页必是抄自尺牍大全，“自违雅教，时切遐思，比维起居清泰为颂为祷”这么一套，正文自第二页开始，末尾之顿首之后，必定还要标明“鹄候回音”四个大字，外加三个密圈，此外必不可少的是另附恭楷履历硬卡片一张。这种信也有用处，至少可以令我们知道此人依然健在，此种信不可不复，复时以“……俟有机缘，定当驰告”这么一套为最得体。

另一种人，好以纸笔代喉舌，不惜工本，写信较勤。刊物的编者大抵是以写信为其主要职务之一，所以不在话下。因误会而恋爱的情人们，见面时眼睛都要迸出火星，一旦隔离，焉能不情急智生，烦邮差来传书递简？Herrick有句云：“嘴唇只有在不能接吻时才歌唱。”同样，情人们只有在不能喁喁私语时才要写信。情书是一种紧急救济，所以亦不在话下。我所说的爱写信的人，是指家人朋友之间聚散匆匆，睽违之后，有所见，有所闻，有所忆，有所感，不愿独秘，愿人分享，则乘兴奋笔，藉通情愫，写信者并无所求，受信者但觉情谊翕如，趣味盎然，不禁色起神往，在这种心情之下，朋友的信可作为宋元人的小简牍，家书亦不妨当作社会新闻看。看信之乐，莫过于此。

写信如谈话。痛快人写信，大概总是开门见山。若是开门见雾，模模糊糊，不知所云，则其人谈话亦必是丈八罗汉，令人摸不着头脑。我又曾接得另外一种信，突如其来，内容是讲学论道，洋洋洒洒，作者虽未要我代为保存，我则觉得责任太大，万一庋藏不慎，岂不就要淹没名文。老实讲，我是有收藏信件的癖好的，但亦略有抉择：多年老友，误入仕途，使用书记代笔者，不收；讨论人生观一类大题目者，不收；正文自第二页开始者，不收；用钢笔写在宣纸上，有如在吸墨纸上写字者，不收；横写或在左边写起者，不收；有加新式标点之必要者，不收；没有加新式标点之可能者亦不收；恭楷者，不收；潦草者，不收；作者未归道山，即可公开发表者，不收；如果作者已归道山，而仍不可公开发表者，亦不收！……因为有这样多的限制，所以收藏不富。

信里面的称呼最足以见人情世态。有一位业教授的朋友告诉我，他常接到许多信件，开端如果是“夫子大人函丈”或“××老师钧鉴”，写信者必定是刚刚毕业或失业的学生，甚而至于并不是同时同院系的学生，其内容多半是请求提携的意思。如果机缘凑巧，真个提携了他，以后他来信时便改称“××先生”了。若是机缘再凑巧，再加上铨叙合格，连米贴、房贴算在一起足够两个教授的薪水，他写起信来便干干脆脆地称兄道弟了。我的朋友言下不胜欷歔，其实是他所见不广。师生关系，原属雇佣性质，焉能不受阶级升黜的影响？

书信写作西人曾称之为“最温柔的艺术”，其亲切细腻仅次于日记。我国尺牍，尤多精粹之作。但居今之世，心头萦绕者尽是米价涨落问题，一袋袋的邮件之中要捡出几篇雅丽可诵的文章来，谈何容易！

洋罪

有些人，大概是觉得生活还不够丰富，于顽固的礼教、愚昧的陋俗、野蛮的禁忌之外，还介绍许多外国的风俗习惯，甘心情愿的受那份洋罪。

例如：燕集茶会之类偶然恰是十三人之数，原是稀松平常之事，但往往就有人把事态扩大，认为情形严重，好像人数一到十三，其中必将有谁虽欲“寿终正寝”而不可得的样子。在这种场合，必定有先知先觉者托帮逃席，或临时加添一位，打破这个凶数，又好像只要破了十三，其中人人必然“寿终正寝”的样子。对于十三的恐怖，在某种人中间近已颇为流行。据说，它的来源是外国的。耶稣基督被他的使徒犹大所卖，最后晚餐时便是十三人同席。因此十三成为不吉利的数目。在外国，听说不但燕集之类要避免十三，就是旅馆号数也常以12A来代替十三。这种近于迷信而且无聊的风俗，移到中国来，则于迷信与无聊之外，还应该加上一个可嗤!

再例如：划火柴给人点纸烟，点到第三人的纸烟时，则必有热心者迫不及待的从旁嘘一口大气，把你的火柴吹熄，一根火柴不准点三支纸烟。据博闻者说，这风俗也是外国的。好像这风俗还不怎样古，就是上次大战的时候，夜晚战壕里士兵抽烟，如果火柴的亮光延续到能点燃三支纸烟那么久，则敌人枪弹炮弹必定一齐飞来。这风俗虽“与抗战有关”，但在敌人枪炮射程以外的地方，若不加解释，则仍容易被人目为近于庸人自扰。

又例如：朋辈对饮，常见有碰杯之举，把酒杯碰得当一声响，然后同时仰着脖子往下灌，咕噜咕噜的灌下去，点头咂嘴，踌躇满志。为什么要碰那一下子呢？这又是外国规矩。据说在相当古的时候，而人心即已不古，于揖让酬应之间，就许在酒杯里下毒药，所以主人为表心迹起见，不得不与客人喝个“交杯酒”，交杯之际，当的一声是难免的；到后来，去古日远，而人心反倒古起来了，酒杯里下毒的事情渐不多见，主客对饮只须做交杯状，听那当然一响，便可以放心大胆的喝酒了。碰杯之起源，大概如此。在“安全第一”的原则之下，喝交杯酒是未可厚非的。如果碰一下杯，能令我们警惕戒惧，不至忘记了以酒肉相饷的人同时也有投毒的可能，而同时酒杯质料相当坚牢不致磕裂碰碎，那么，碰杯的风俗却也不能说是一定要不得。

大概风俗习惯，总是慢慢养成，所以能在社会通行。如果生吞活剥的把外国的风俗习惯移植到我们的社会里来，则必窒碍难行，其故在不服水土。讲到这里我也有一个具体而且极端的例子——

4月1日，打开报纸一看，皇皇启事一则如下：“某某某与某某某今得某某某与某某某先生之介绍及双方家长之同意，订于四月一日在某某处行结婚礼，国难期间一切从简，特此敬告诸亲友。”结婚只是男女两人的事，对别人无关，而别人偏偏最感兴趣。启事一出，好事者奔走相告，更好事者议论纷纷，尤好事者拍电致贺。

4月2日报纸上有更皇皇的启事一则如下：“某某某启事，昨为西俗万愚节，友人某某某先生遂假借名义，代登结婚启事一则以资戏弄，此事概属乌有，诚恐淆乱听闻，特此郑重声明。”好事者嗒然若丧，更好事者引为谈助，尤好事者则去翻查百科全书，寻找万愚节之源起。

4月1日为万愚节，西人相绐以为乐；其是否为陋俗，我们管不着。其是否把终身大事也划在相绐的范围以内，我们亦不得知。我只觉得这种风俗习惯，在我们这国度里，似嫌不合国情。我觉得我们几乎是天天在过万愚节。舞文弄墨之辈，专作欺人之谈，且按下不表，单说市井习见之事，即可见我们平日颇不缺乏相绐之乐。有些店铺高高悬起“言无二价”“童叟无欺”的招牌，这就是反映着一般的诳价欺骗的现象。凡是约期取件的商店，如成衣店洗衣店照相馆之类，因爽约而使我们徒劳往返的事是很平常的，然对外国人则不然，与外国人约甚少爽约之事。我想这原因大概就是外国人只有在四月一日那天才肯以相绐为乐，而在我们则一年三百六十五天，随便哪一天都无妨定为万愚节。

万愚节的风俗，在我个人，并不觉得生疏，我不幸从小就进洋习甚深的学校，到四月一日总有人伪造文书诈欺取乐，而受愚者亦不以为忤。现在年事稍长，看破骗局甚多，更觉谑浪取笑无伤大雅。不过一定要仿西人所为，在四月一日这一天把说谎普遍化合理化，而同时在其余的三百六十多天又并不仿西人所为，仍然随时随地的言而无信互相欺诈，我终觉得大可不必。

外国的风俗习惯永远是有趣的，因为异国情调总是新奇的居多。新奇就是趣。不过若把异国情调生吞活剥的搬到自己家里来，身体力行，则新奇往往变成桎梏，有趣往往变成为肉麻。基于这种道理，很有些人至今喝茶并不加白糖与牛奶。

衣裳

莎士比亚有一句名言："衣裳常常显示人品"；又有一句："如果我们沉默不语，我们的衣裳与体态也会泄露我们过去的经历。"可是我不记得是谁了，他曾说过更彻底的话：我们平常以为英雄豪杰之士，其仪表堂堂确是与众不同，其实，那多半是衣裳装扮起来的，我们在画像中见到的华盛顿和拿破仑，固然是奕奕赫赫，但如果我们在澡堂里遇见二公，赤条条一丝不挂，我们会要有异样的感觉，会觉得脱光了大家全是一样。这话虽然有点玩世不恭，确有至理。

中国旧式士子出而问世必须具备四个条件：一团和气，两句歪诗，三斤黄酒，四季衣裳。可见衣裳是要紧的。我的一位朋友，人品很高，就是衣裳"普罗"一些，曾随着一伙人在上海最华贵的饭店里开了一个房间，后来走出饭店，便再也不得进去，司阍的巡捕不准他进去，理由是此处不施舍。无论怎样解释也不得要领，结果是巡捕引他从后门进去，穿过厨房，到账房内去理论。这不能怪那巡捕，我们几曾看见过看家的狗咬过衣裳楚楚的客人？

衣裳穿得合适，煞费周章，所以内政部礼俗司虽然绘定了各种服装的式样，也并不曾推行，幸而没有推行！自从我们剪了小辫儿以来，衣裳就没有了体制，绝对自由，中西合璧的服装也不算违警，这时候若再推行“国装”，只是于错杂的分歧之中更加重些纷扰罢了。

李鸿章出使外国的时候，袍褂顶戴，完全是“满大人”的服装。我虽无爱于满清章制，但对于他的不穿西装，确实是很佩服的。可是西装的势力毕竟太大了，到如今理发匠都是穿西装的居多。我忆起了二十年前我穿西装的一幕。那时候西装还是一件比较新奇的事物，总觉得是有点“机械化”，其构成必相当复杂。一班几十人要出洋，于是西装逼人而来。试穿之日，适值严冬，或缺皮带，或无领结，或衬衣未备，或外套未成，但零件虽然不齐，吉期不可延误，所以一阵骚动，胡乱穿起，有的宽衣博带如稻草人，有的细腰窄袖如马戏丑，大体是赤着身体穿一层薄薄的西装裤，冻得涕泗交流，双膝打战，那时的情景足当得起“沐猴而冠”四个字。当然后来技术渐渐精进，有的把裤脚管烫得笔直，视如第二生命，有的在衣袋里插一块和领结花色相同的手绢，俨然一个绅士，猛然一看，国籍都要发生问题。

西装是有一定的标准的。譬如，做裤子的材料要厚，可是我看见过有人在光天化日之下穿夏布西装裤，光线透穿，真是骇人！衣服的颜色要朴素沉重，可是我见过著名自诩讲究穿衣裳的男子们，他们穿的是色彩刺目的宽格大条的材料，颜色惊人的衬衣，如火如荼的领结，那样子只有在外国杂耍场的台上才偶然看得见！大概西装破烂，固然不雅，但若崭新而俗恶则更不可当。所谓洋场恶少，

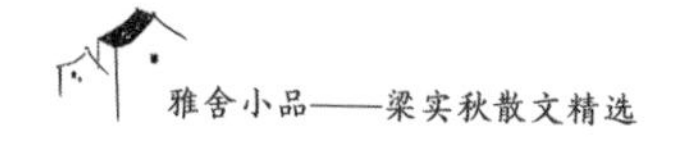

其气味最下。

中国的四季衣裳，恐怕要比西装更麻烦些。固然西装讲究起来不得了，历史上著名的一例，詹姆斯第一的朋友白金翰爵士有衣服一千六百二十五套。普通人有十套八套的就算很好了。中装比较的花样要多些，虽然终年两件长袍也能度日。中装有一件好处，舒适。中装像是变形虫，没有一定的形式，随着穿的人身体变。不像西装，肩膊上不用填麻布使你冒充宽肩膀，脖子上不用戴枷系索，裤子里面有的是“生存空间”；而且冷暖平匀，不像西装咽喉下面一块只是一层薄衬衣，容易着凉，裤子两边插手袋处却又厚至三层，特别郁热！中国长袍还有一点妙处，马彬和先生（英国人入我国籍）曾为文论之。他说这钟形长袍是没有差别的，平等的，一律的遮掩了贫富贤愚。马先生自己就是穿一件蓝长袍，他简直崇拜长袍。据他看，长袍不势利，没有阶级性，可是在中国，长袍同志也自成阶级，虽然四川有些抬轿的也穿长袍。中装固然比较随便，但亦不可太随便，例如脖子底下的钮扣，在西装可以不扣，长袍便非扣不可，否则便不合于“新生活”。再例如虽然在蚊虫甚多的地方，裤脚管亦不可放进袜筒里去，做绍兴师爷状。

男女服装之最大不同处，便是男装之遮盖身体无微不至，仅仅露出一张脸和两只手可以吸取目光紫外线，女装的趋势，则求遮盖愈少愈好。现在所谓旗袍，实际上只是大坎肩，因为两臂已经齐根划出。两腿尽管细直如竹筷，扭曲如松根，也往往一双双的摆在外面。袖不蔽肘，赤足裸腿，从前在某处都曾悬为厉禁，在某一种意义上，我们并不惋惜。还有一点可以指出，男子的衣服，经若干年的演化，已达到一个固定的阶段，式样色彩大概是千篇一律的了，某一种人一定穿某一种衣服，身体丑也好，美也好，总是要罩上那么一套。女子的衣裳则颇多个人的差异，仍保留大量的装饰的动机，其间大有自由创造的余地。即是创造，便有失败，也有成功。成功者便是把身体的优点表彰出来，把劣点遮盖起来；失败者便是把劣点显示出来，优点根本没有。我每次从街上走回来，就感觉得我们除了优生学外，还缺乏妇女服装杂志。不要以为妇女服装是琐细小事，法朗士说得好："如果我死后还能在无数出版书籍当中有所选择，你想我将选什么呢？……在这未来的群籍之中我不想选小说，亦不选历史，历史若有兴味亦无非小说。我的朋友，我仅要选一本时装杂志，看我死后一世纪中妇女如何装束。妇女装束之能告诉我未来的人文，胜过于一切哲学家，小说家，预言家及学者。"

衣裳是文化中很灿烂的一部分。所以裸体运动除了在必要的时候之外（如洗澡等），我总不大赞成。

下棋

有一种人我最不喜欢和他下棋，那便是太有涵养的人。杀死他一大块，或是抽了他一个车，他神色自若，不动火，不生气，好像是无关痛痒，使得你觉得索然寡味。君子无所争，下棋却是要争的。当你给对方一个严重威胁的时候，对方的头上青筋暴露，黄豆般的汗珠一颗颗的在额上陈列出来，或哭丧着脸作惨笑，或咕嘟着嘴作吃屎状，或抓耳挠腮，或大叫一声，或长吁短叹，或自怨自艾口中念念有词，或一串串的噎嗝打个不休，或红头涨脸如关公，种种现象，不一而足，这时节你“行有余力”便可以点起一支烟，或啜一碗茶，静静的欣赏对方的苦闷的象征。我想猎人追逐一只野兔的时候，其愉快大概略相仿佛。因此我悟出一点道理，和人下棋的时候，如果有机会使对方受窘，当然无所不用其极；如果被对方所窘，便努力作出不介意状，因为既不能积极的给对方以苦痛，只好消极的减少对方的乐趣。

自古博弈并称，全是属于赌一类，而且只是比“饱食终日无所用心”略胜一筹而已。不过弈虽小术，亦可以观人。相传有慢性人，见对方走当头炮，便左思右想，不知是跳左边的马好，还是跳右边的马好，想了半个钟头而迟迟不决，急得对方拱手认输。是有这样的慢性人，每一着都要考虑，而且是加慢的考虑。我常想这种人如加入龟兔竞赛，也必定可以获胜。也有性急的人，下棋如赛跑，噼噼啪啪，草草了事，这仍就是饱食终日无所用心的一贯作风。下棋不能无争，争的范围有大有小，有斤斤计较而因小失大者，有不拘小节而眼观全局者，有短兵相接作生死斗者，有各自为战而旗鼓相当者，有赶尽杀绝一步不让者，有好勇斗狠同归于尽者，有一面下棋一面诮骂者，但最不幸的是争的范围超出棋盘，而拳足交加。有下象棋者，久而无声音，排闼视之，阒不见人，原来他们是在门后角里扭作一团，一个骑在另一个的身上，在他的口里挖车呢。被挖者不敢出声，出声则口张，口张则车被挖回，挖回则必悔棋，悔棋则不得胜。这种认真的态度憨得可爱。我曾见过二人手谈，起先是坐着，神情潇洒，望之如神仙中人；俄而棋势吃紧，两人都站起来了，剑拔弩张，如斗鹌鹑；最后到了生死关头，两个人跳到桌上去了！

笠翁《闲情偶寄》说弈棋不如观棋，因观者无得失心。观棋是有趣的事，如看斗牛、斗鸡、斗蟋蟀一般，但是观棋也有难过处，观棋不语是一种痛苦。喉间硬是痒得出奇，思一吐为快。看见一个人要入陷阱而不作声是几乎不可能的事，如果说得中肯，其中一个人要厌恨你，暗暗的骂一声“多嘴驴”！另一个人也不感激你，心想“难道我还不晓得这样走”！如果说得不中肯，两个人要一齐嗤之以鼻，“无见识奴”！如果根本不说，憋在心里，受病。所以有人于挨了一个耳光之后还要抚着热辣辣的嘴巴大呼“要抽车，要

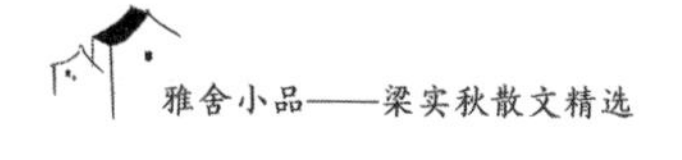

抽车”！

下棋只是为了消遣，其所以能使这样多人嗜此不疲者，是因为它颇合于人类好斗的本能，这是一种“斗智不斗力”的游戏。所以瓜棚豆架之下，与世无争的村夫野老不免一枰相对，消此永昼；闹市茶寮之中，常有有闲阶级的人士下棋消遣，“不为无益之事，何以遣此有涯之生”？宦海里翻过身最后退隐东山的大人先生们，髀肉复生，而英雄无用武之地，也只好闲来对弈，了此残生。下棋全是“剩余精力”的发泄。人总是要斗的；总是要钩心斗角的和人争逐的。与其和人争权夺利，还不如棋盘上多占几个官，与其招摇撞骗，还不如在棋盘上抽上一车。宋人笔记曾载有一段故事：“李讷仆射，性卞急，酷好弈棋，每下子安详，极于宽缓。往往躁怒作，家人辈则密以弈具陈于前，讷睹，便忻然改容，以取其子布弄，都忘其恚矣。”（《南部新书》）下棋，有没有这样陶冶性情之功，我不敢说，不过有人下起棋来确实是把性命都可置诸度外。我有两个朋友下棋，警报作，不动声色，俄两弹落，棋子被震得盘上跳荡，屋瓦乱飞，其中一位棋瘾较小者变色而起，被对方一把拉住：“你走！那就算是你输了。”此公深得棋中之趣。

握手

握手之事，古已有之，《后汉书》“马援与公孙述少同里闾相善，以为既至常握手，如平生欢”。但是现下通行的握手，并非古礼，既无明文规定，亦无此种习俗。大概还是剃了小辫以后的事。我们不能说马援和公孙述握过手便认为是过去有此礼节的明证。

西装革履我们都可以忍受，简便易行而且惠而不费的握手我们当然无须反对。不过有几种人，若和他握手，会感觉痛苦。

第一是做大官或自以为做大官者，那只手不好握。他常常挺着胸膛，伸出一只巨灵之掌，两眼望青天，等你趁上去握的时候，他的手仍是直僵的伸着，他并不握，他等着你来握。你事前不知道他是如此爱惜气力，所以不免要热心的迎上去握，结果是孤掌难鸣，冷涔涔的讨一场没趣。而且你还要及早罢手，赶快撤手，因为这时候他的身体已转向另一个人去，他预备把那巨灵之掌给另一个去握——不是握，是摸。对付这样的人只有一个办法，便是，你也伸出一只巨灵之掌，你也别握，和他作“打花巴掌”状，看谁先握谁！

另一种人过犹不及。他握着你的四根手指，恶狠狠的一挤，使你痛彻肺腑，如果没有寒暄笑语偕以俱来，你会误以为他是要和你角力。此种人通常有耐久力，你入了他的掌握，休想逃脱出来。如果你和他很有交情，久别重逢，情不自禁，你的关节虽然痛些，我相信你会原谅他的。不过通常握手用力最大者，往往交情最浅。他是要在向你使压力的时候，使你发生一种错觉，以为此人待我特善。其实他是握了谁的手都是一样卖力的。如果此人曾在某机关做过干事之类，必能一面握手，一面在你的肩头重重的拍一下子："哈喽，哈喽，怎样好？"

单就握手时的触觉而论，大概愉快时也就不多。春笋般的纤纤玉指，世上本来少有，更难得一握，我们常握的倒是些冬笋或笋干之类，虽然上面更常有蔻丹的点缀，干倒还不如熊掌。狄更斯的《大卫·科波菲尔》里的乌利亚，他的手也是令人不能忘的，永远是湿津津的冷冰冰的，握上去像是五条鳝鱼。手脏一点无妨，因为握前无暇检验，惟独带液体的手不好握，因为事后不便即揩，事前更不便先给他揩。

"有一桩事，男人站着做，女人坐着做，狗翘起一条腿儿做。"这桩事是——握手。和狗行握手礼，我尚无经验，不知狗爪是肥是瘦，亦不知狗爪是松是紧，姑置不论；男女握手之法不同。女人握手无须起身，亦无须脱手套，殊失平等之旨，尚未闻妇女运动者倡议纠正。在外国，女人伸出手来，男人照例只握手尖，约一英寸到二英寸，稍握即罢；这一点在我们中国好像禁忌少些，时间空间的限制都不甚严。

朋友相见，握手言欢，本是很自然的事，有甚于握手者，亦未曾不可，只要双方同意，与人无涉。惟独大庭广众之下，宾客环坐，握手势必普遍举行，面目可憎者，语言无味者，想饱以老拳尚不足以泄忿者，都是一一亲炙，皮肉相接，在这种情形之下握手，我觉得是一种刑罚。

《哈姆雷特》中波娄尼阿斯诫其子曰：“不要为了应酬每一个新交而磨粗了你的手掌。”我们是要爱惜我们的手掌。

送礼

俗语说："官不打送礼的。"此语甚妙。因为从前的官不是等闲人，他是可以随便打人的，所以有人怕见官，见了官便不由的有三分惧怕，而送礼的人则必定是有求于人，惟恐人家不肯赏收，必定是卑躬屈膝春风满面、点头哈腰老半天，谁还狠得下心打笑脸人？至于礼之厚薄倒无关宏旨，好歹是进账，细大不捐，收下再说。

不过有些送礼的人也确实是该打屁股的。

送礼这件事，在送的这一方面是很苦恼的一个节目，尤其是逢时按节的例行送礼。前例既开，欲罢不能。如果是个什么机构之类，有人可以支使采办，倒还省事。采办的人在其中可以大显身手。礼讲究四色，其中少不得一篮应时水果，篮子硕大无朋，红绳缎带，五花大绑，一张塑胶纸绷罩在上面，绷得紧，系得牢，要打开还很费手脚。打开之后，时常令人叫绝。原来篮子之中有草纸一堆坟然隆起，上面盖着一层光艳照人的苹果、梨、柑之类，一部分水果的下面是黑烂发霉的。四色之中可能还有金华火腿一只，使得这一份礼物益发高贵而隆重。死尸可以冷藏而不腐，火腿则必须在适当温度中长期腌制，而亚热带天气只适宜促成其速朽。我就收到过不止一只金玉其外的火腿，纸包得又俊又俏，绳子捆得紧紧的，露在外面的爪尖干干净净，红色门票上还有金字。有一天打开一看，嘿！就像医师开刀发现内部癌瘤已经溃散赶紧缝起创口了事一般，我也赶快把它原封包起。原来里面万头攒动着又白又胖的蛆虫，而且不需用竹筷贯刺就有一股浓厚的尸臭使人欲呕。我有意把这只金华火腿送走，使它物还原主，又真怕伤了他的自尊，而且西谚有云："不要扒开人家赠你的一匹马的嘴巴看。"其意是对礼物不可挑剔。无可奈何之中，想起了评剧中有"人头挂高杆"之说，于是乘黄昏时候蹑手蹑脚的把这只火腿挂在大门外的电线杆上。自门隙窥伺之，果见有人施施然来，睹物一惊，驻足逡巡，然后四顾无人迅速出手，挟之而去。这只火腿的最后下落如何我就不知道了。送水果、送火腿的人，那份隆情盛意，我当然是领受了。

英文里有个名词"白象"（White elephant），意为相当名贵而无实用并且难于处置的东西。试想有人送你一头白象，你把它安顿在哪里？你一天需要饲喂它多少食粮？它病了你怎么办？它死了你怎么办？它发脾气你怎么办？我相信一旦白象到门，你会手足无措。事实上我们收到的礼物偶然也是近似白象，令人啼笑皆非。我收到一项礼物，瓶状的电桌灯一盏。立在地面上就几乎与我齐眉，若是放在太和殿里当然不嫌其大，可惜蜗居逼仄，虽不至于仅可容膝，这样的庞然巨制放在桌上实在不称，万一头重脚轻倒栽下来，说不定会砸死人。居然有客人来，欣赏其体制之雄伟，说它壮观，我立即举以相赠，请他把白象牵了出去，后遂不知其所终。

生日礼物，顺理成章的是一块大蛋糕。问题在，你送一块，他也送一块，一下子收到十块、二十块大蛋糕，其中还可能有两个人抬着拿进来的超大号的，虽说“好的东西不嫌多”，真的多了起来也是一患。我亲见有一位宦场中人，他生日那天收到三十块以上的蛋糕，陈列在走廊上，洋洋大观。最后筵席散了，主人央客各自携带一块蛋糕回家，这样才得收疏散之效，客人各自提着像帽盒似的一个纸匣子，鱼贯而出，煞是好看。照理说，蛋糕是好东西，或细而软，或糙而松，各有其风味，惟独上面糊着的一层雪白的“蜡油”实在令人难以入口。偶然也有使用搅打过的鲜奶油的，但不常见，常见的硬是“蜡油”。我曾亲见一个任性的孩子，一次罄了一个直径一尺以上的蜡油蛋糕，父母不拦阻他，因为他们府上蛋糕实在太多正苦没有销场，结果是那个孩子倒在床上呻吟呕吐，黄澄澄一橛一橛的从嘴里吐出来。那样子好难看！

有些人家是很讲究禁忌的。大概最忌的是送钟，因为钟与终二字同音。送钟来，拒受则失礼，往往当即回敬一元钱，象征其是买而非送，即足以破除其不祥。其实有始即有终，此乃自然之道。何况大限未至，即有人先来预约执绋，料想将来局面不致冷冷清清，也正是好事。有人在生日的时候，收到一份奇特的礼物——半匹粗白布。这种东西不是没有实用，将来不定为了谁而遵礼成服的时候，为绖、为带均无不可，只是不知要收藏多久。主妇灵机一动，把面染成粉红色，剪裁加穗，做成很出色的成套的沙发罩布，化乖戾为吉祥。有人忌讳朋友送书给他，生怕因此而赌输。我从不赌博，因此最欢迎有人送书给我；未读之书太多，开卷总归有益，但是朋友们总是怕我坏了手气，只有很少的几位肯以书见贻，真所谓“知我者，二三子”！

送礼给人，当然是应该投其所好。除非是存心怄气，像诸葛孔明之送巾帼给司马仲达。所以送礼之前，势必要先通过大脑思量一番。如果对方是和尚，送篦子就不大相宜，虽然也有“金篦刮眼”之说。如果对方患消渴，则再好的巧克力糖也难以使他衷心喜悦。如果对方已经老掉了牙，铁蚕豆就不可以请他尝试。诸如此类，不必细举。再说礼物轻重也该有个斟酌，轻了固然寒伧，重了也容易启人疑窦，以为你有什么分外的企图。从前旧俗，家家有一本礼簿，往来户头均有记录，逢年过节或红白喜事均有例可循，或送现金，或送席票。如果向无往来，新开户头，则看下次遇到机会对方有无还礼，有则继续下去，无则不再往来，这不失为公平合理的办法。现在时代不同，人口流动，酬应频繁，粉红炸弹与白色讣闻满天飞，送礼变成了灾害，如果逃不掉躲不开，则只好虚应故事，投以一篮鲜花或是一端幛子，而没有其他多少选择了。

洗澡

谁没有洗过澡！生下来第三天，就有“洗儿会”，热腾腾的一盆香汤，还有果子彩钱，亲朋围绕着看你洗澡。“洗三”的滋味如何，没有人能够记得。被杨贵妃用锦绣大襁褓裹起来的安禄山也许能体会一点点“洗三”的滋味，不过我想当时禄儿必定别有心事在。

稍为长大一点，被母亲按在盆里洗澡永远是终身不忘的经验。越怕肥皂水流进眼里，肥皂水越爱往眼角里钻。胳肢窝怕痒，两肋也怕痒，脖子底下尤其怕痒，如果咯咯大笑把身子弄成扭股糖似的，就会顺手一巴掌没头没脸的拍了下来，有时候还真有一点痛。

成年之后，应该知道澡雪垢滓乃人生一乐，但亦不尽然。我读中学的时候，学校有洗澡的设备，虽是因陋就简，冷热水却甚充分。但是学校仍须严格规定，至少每三天必须洗澡一次。这规定比起汉律“吏五日得一休沐”意义大不相同。五日一休沐，是放假一天，沐不沐还不是在你自己？学校规定三日一洗澡是强迫性的，而且还有惩罚的办法，洗澡室备有签到簿，三次不洗澡者公布名单，仍不悛悔者则指定时间派员监视强制执行。以我所知，不洗澡而签名者大有人在，俨如伪造文书；从未见有名单公布，更未见有人在众目睽睽之下袒裼裸裎，法令徒成具文。

我们中国人一向是把洗澡当作一件大事的。自古就有沐浴而朝，斋戒沐浴以祀上帝的说法。曾点的生平快事是“浴于沂”。惟因其为大事，似乎未能视为日常生活的一部分。到了唐朝，还有人“居丧毁慕，三年不澡沐”。晋朝的王猛扪虱而谈，更是经常不洗澡的明证。白居易诗“今朝一澡濯，衰瘦颇有余”，洗一回澡居然有诗以纪念的价值。

旧式人家，尽管是深宅大院，很少有特辟浴室的。一只大木盆，能蹲踞其中，把浴汤泼溅满地，便可以称心如意了。在北平，街上有的是“金鸡未唱汤先热，红日东升客满堂”的澡堂，也有所谓高级一些的如“西升平”，但是很多人都不敢问津，倒不一定是如米芾之“好洁成癖至不与人同巾器”，也不是怕进去被人偷走了裤子，实在是因为医药费用太大。“早晨皮包水，晚上水包皮”，怕的是水不仅包皮，还可能有点什么东西进入皮里面去。明知道有些城市的澡堂里面可以搓澡，敲背，捏足，修脚，理发，吃东西。高枕而眠，甚而至于不仅是高枕而眠，一律都非常方便，有些胆小的人还是望望然去之，宁可回到家里去蹲踞在那一只大木盆里将就将就。

近代的家庭洗澡间当然是令人称便，可惜颇有“西化”之嫌，非我国之所固有。不过我们也无须过于自馁，西洋人之早雨浴晚雨浴一天洗两回，也只是很晚近的事。罗马皇帝喀拉凯拉之广造宏丽的公共浴室容纳一万六千人同时入浴，那只是历史上的美谈。那些浴室早已由于蛮人入侵而沦为废墟，早期基督教的禁欲趋向又把沐浴的美德破坏无遗。在中古期间的僧侣是不大注意他们的肉体上的清洁的。“与其澡于水，宁澡于德”（傅玄《澡盘铭》）大概是他们所信奉的道理。欧洲近代的修女学校还留有一些中古遗风，女生们隔两个星期才能洗澡一次，而且在洗的时候还要携带一件长达膝部以下的长袍作为浴衣，脱衣服的时候还有一套特殊技术，不可使自己看到自己的身体！英国维多利亚时代之“星期六晚的洗澡”是一般人民经常有的生活项目之一。平常的日子大概都是“不宜沐浴”。

我国的佛教僧侣也有关于沐浴的规定，请看《百丈清规·六》：“展浴袱取出浴具于一边，解上衣，未卸直裰，先脱下面裙裳，以脚布围身，方可系浴裙，将裤卷折纳袱内。”虽未明言隔多久洗一次，看那脱衣层次规定之严，其用心与中古基督教会殆异曲同工。

在某些情形之下裸体运动是有其必要的，洗澡即其一也。在短短一段时间内，在一个适当的地方，即使于洗濯之余观赏一下原来属于自己的肉体，亦无伤大雅。若说赤身裸体便是邪恶，那么衣冠禽兽又好在哪里?

《礼记·儒行》云：“儒有澡身而浴德。”我看人的身与心应该都保持清洁，而且并行不悖。

睡

我们每天睡眠八小时，便占去一天的三分之一，一生之中三分之一的时间于“一枕黑甜”之中度过，睡不能不算是人生一件大事。可是人在筋骨疲劳之后，眼皮一垂，枕中自有乾坤，其事乃如食色一般的自然，好像是不需措意。

蒙杰之士有“闻午夜荒鸡起舞”者，说起来令人神往，但是五代时之陈希夷，居然隐于睡，据说“小则亘月，大则几年，方一觉”，没有人疑其为有睡病，而且传为美谈。这样的大量睡眠，非常人之所能。我们的传统的看法，大抵是不鼓励人多睡觉。昼寝的人早已被孔老夫子斥为不可造就。使得我们居住在亚热带的人午后小憩（西班牙人所谓siesta）时内心不免惭愧。后汉时有一位边孝先，也是为了睡觉受他的弟子们的嘲笑：“边孝先，腹便便，懒读书，但欲眠。”佛说在家戒法，特别指出“贪睡眠乐”为“精进波罗蜜”之一障。大概倒头便睡，等着太阳晒屁股，其事甚易，而掀起被衾，跳出软暖，至少在肉体上作“顶天立地”状，其事较难。

其实睡眠还是需要适量。我看倒是睡眠不足为害较大。“睡眠是自然的第二道菜”，亦即最丰盛的主菜之谓。多少身心的疲惫都在一阵“装死”之中涤除净尽。车祸的发生时常因为驾车的人在打瞌睡。衙门机构一些人员之一张铁青的脸，傲气凌人，也往往是由于睡眠不足，头昏脑涨，一肚皮的怨气无处发泄，如何能在脸上绽出人类所特有的笑容？至于在高位者，他们的睡眠更为重要，一夜失眠，不知要造成多少纰漏。

睡眠是自然的安排，而我们往往不能享受。以“天知地知我知子知”闻名的杨震，我想他睡觉没有困难，至少不会失眠，因为他光明磊落。心有恐惧，心有挂碍，心有忮求，倒下去只好辗转反侧，人尚未死而已先不能瞑目。庄子所谓“至人无梦”，《楞严经》所谓“梦想消灭，寝寤恒一”，都是说心里本来平安，睡时也自然踏实。劳苦分子，生活简单，日入而息，日出而作，不容易失眠。听说有许多治疗失眠的偏方，或教人计算数目字，或教人想象中描绘人体轮廓，其用意无非是要人收敛他的颠倒妄想，忘怀一切，但不知有多少实效。愈失眠愈焦急，愈焦急愈失眠，恶性循环，只好瞪着大眼睛，不觉东方之既白。

睡眠不能无床。古人席地而坐卧，我由“榻榻米”体验之，觉得不是滋味。后来北方的土炕砖炕，即较胜一筹。近代之床，实为一大进步。床宜大，不宜小。今之所谓双人床，阔不过四五尺，仅足供单人翻覆，还说什么“被底鸳鸯”？

莎士比亚《第十二夜》提到一张大床，英国Ware地方某旅舍有大床，七尺六寸高，十尺九寸长，十尺九寸阔，雕刻甚工，可睡十二人云。尺寸足够大了，但是睡上一打，其去沙丁鱼也几希，并不令人羡慕。讲到规模，还是要推我们上国的衣冠文物。我家在北平即藏有一旧床，杭州制，竹篾为绷，宽九尺余，深六尺余，床架高八尺，三面隔扇，下面左右床柜，俨然一间小屋，最可人处是床里横放架板一条，图书，盖碗，桌灯，四干四鲜，均可陈列其上，助我枕上之功。洋人的弹簧床，睡上去如落在棉花堆里，冬日犹可，夏日燠不可当。而且洋人的那种铺被的方法，将身体放在两层被单之间，把毯子裹在床垫之上，一翻身肩膀透风，一伸腿脚趾戳被，并不舒服。佛家的八戒，其中之一是“不坐高广大床”，和我的理想正好相反，我至今还想念我老家里的那张高广大床。

睡觉的姿态人各不同，亦无长久保持“睡如弓”的姿态之可能与必要。王右军那样的东床袒腹，不失为潇洒。即使佝偻着，如死蚯蚓，匍匐着，如癞蛤蟆，也不干谁的事。北方有些地方的人士，无论严寒酷暑，入睡时必脱得一丝不挂，在被窝之内实行天体运动，亦无伤风化。惟有鼾声雷鸣，最使不得。宋张端义《贵耳集》载一条奇闻：“刘垂范往见羽士寇朝，其徒告以睡。刘坐寝外闻鼻鼾之声，雄美可听，曰：‘寇先生睡有乐，乃华胥调。’”所谓“华胥调”见陈希夷故事，据《仙佛奇踪》，“陈抟居华山，有一客过访，适值其睡，旁有一异人，听其息声，以墨笔记之。客怪而问之，其人曰：‘此先生华胥调混沌谱也。’”华胥氏之国不曾游过，华胥调当然亦无从欣赏，若以鼾声而论，我所能辨识出来的谱调顶多是近于“爵士新声”，其中可能真有“雄美可听”者。不过睡还是以不奏乐为宜。

睡也可以是一种逃避现实的手段。在这个世界活得不耐烦而又不肯自行退休的人，大可以掉头而去，高枕而眠，或竟曲肱而

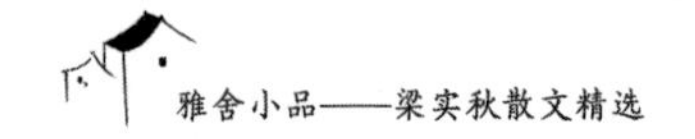

枕，眼前一黑，看不惯的事和看不入眼的人都可以暂时撇在一边，像鸵鸟一般，眼不见为净。明陈继儒《珍珠船》记载着："徐光溥为相，喜论事，大为李昊等所嫉，光溥后不言，每聚议，但假寐而已，时号睡相。"一个做到首相地位的人，开会不说话，一味假寐，真是懂得明哲保身之道，比微行言逊还要更进一步。这种功夫现代似乎尚未失传。

排队

《民权初步》讲的是一般开会的法则，如果有人撰一续编，应该是讲排队。

如果你起个大早，赶到邮局烧头炷香，柜台前即使只有你一个人，你也休想能从容办事，因为柜台里面的先生小姐忙着开柜子、取邮票文件、调整邮戳，这时候就有顾客陆续进来，说不定一位站在你左边，一位站在你右边，也许是衣冠楚楚的，也许是破衣邋遢的，总之是会把你夹在中间。夹在中间的人未必有优先权，所以三个人就挤得很紧，胳膊粗、个子大、脚跟稳的占便宜。夹在中间的人也未必轮到第二名，因为说不定又有人附在你的背上，像长臂猿似的伸出一只胳膊越过你的头部拿着钱要买邮票。人越聚越多，最后像是橄榄球赛似的挤成一团，你想钻出来也不容易。

三人曰众，古有明训。所以三个人聚在一起就要挤成一堆。排队是洋玩艺儿，我们所谓“鱼贯而行”都是在极不得已的情形之下所做的动作。《晋书·范汪传》：“玄冬之月，沔汉干涸，皆当鱼贯而行，推排而进。”水不干涸谁肯循序而进，虽然鱼贯，仍不免于推排。我小时候，在北平有过一段经验，过年父亲常带我逛厂甸，进入海王村，里面有旧书铺、古玩铺、玉器摊，以及临时搭起的几个茶座儿。我父亲如入宝山，图书、古董都是他所爱好的，盘旋许久，乐此不疲，可是人潮汹涌，越聚越多。等到我们兴尽欲返的时候，大门口已经壅塞了。门口只有一个，进也是它，出也是它，而且谁也不理会应靠左边行，于是大门变成瓶颈，人人自由行动，卡成一团。也有不少人故意起哄，哪里人多往哪里挤，因为里面有的是大姑娘、小媳妇。父亲手里抱了好几包书，顾不了我。为了免于被人践踏，我由一位身材高大的警察抱着挤了出来。我从此没再去过厂甸，直到我自己长大有资格抱着我自己的孩子冲出杀进。

中国地方大，按说用不着挤，可是挤也有挤的趣味。逛隆福寺、护国寺，若是冷清清的凄凄惨惨觅觅，那多没有味儿！不过时代变了，人几乎天天到处像是逛庙赶集。长年挤下去实在受不了，于是排队这样玩艺儿应运而兴。奇怪的是，这洋玩艺儿兴了这么多年，至今还没有蔚成风气。长一辈的人在人多的地方横冲直撞，孩子们当然认为这是生存技能之一。学校不能负起教导的责任，因为教师就有许多是不守秩序的好手。法律无排队之明文规定，警察管不了这么多。大家自由活动，也能活下去。

不要以为不守秩序、不排队是我们的民族性。生活习惯是可以改的。抗战胜利后我回到北平，家人告诉我许多敌伪横行霸道的事迹，其中之一是在前门火车站票房前面常有一名日本警察手持竹鞭来回巡视，遇到不排队就抢先买票的人，就一声不响高高举起竹鞭飕的一声着着实实的抽在他的背上。挨了一鞭之后，他一声不响的排在队尾了。前门车站的秩序从此改良许多。我对此事的感想很复杂。不排队的人是应该挨一鞭子，只是不应该由日本人来执行。拿着鞭子打我们的人，我真想抽他十鞭子！但是，我们自己人就没有人肯对不排队的人下那个毒手！好像是基于同胞爱，开始是劝，继而还是劝，不听劝也就算了，大家不伤和气。谁也不肯扬起鞭子去取缔，觍颜说是“于法无据”。一条街定为单行道、一个路口不准向左转，又何所据？法是人定的，要什么样的生活方式便应该有什么样的法。

洋人排队另有一套，他们是不拘什么地方都要排队。邮局、银行、剧院无论矣，就是到餐厅进膳，也常要排队听候指引一一入座。人多了要排队，两三个人也要排队。有一次要吃披萨饼，看门口队伍很长，只好另觅食处。为了看古物展览，我参加过一次两千人左右的长龙，我到场的时候才有千把人，顺着龙头往下走，拐弯抹角，走了半天才找到龙尾，立定脚跟，不久回头一看，龙尾又不知伸展到何处去了。我仔细观察发现了一个秘密：洋人排队，浪费空间，他们排队占用一哩，由我们来排队大概半哩就足够。因为他们每个人与另一个人之间通常保持相当距离，没有肌肤之亲，也没有摩肩接踵之事。我们排队就亲热得多，紧迫盯人，惟恐脱节，前面人的胳膊肘会戳你的肋骨，后面人喷出的热气会轻拂你的脖梗。其缘故之一，大概是我们的人丁太旺而场地太窄。以我们的超级市场而论，实在不够超级，往往近于迷你，遇上八折的日子，付款处的长龙摆到货架里面去，行不得也。洋人的税捐处很会优待主顾，设备充分，偶然有七八个人排队，排得松松的，龙头走到柜台也有五步六步之遥。办起事来无左右受夹之烦，也无后顾催迫之感，从从容容，可以减少纳税人胸中许多戾气。

我们是礼仪之邦，君子无所争，从来没有鼓励人争先恐后之说。很多地方我们都讲究揖让，尤其是几个朋友走出门口的时候，常不免于拉拉扯扯礼让了半天，其实鱼贯而行也就够了。我不太明白为什么到了陌生人聚集在一起的时候，便不肯排队，而一定要奋不顾身。

我小时候只知道上兵操时才排队。曾路过大栅栏同仁堂，柜台占两间门面，顾客经常是里三层外三层挤得水泄不通，多半是仰慕同仁堂丸散膏丹的大名而来办货的乡巴佬。他们不知排队犹可说也。奈何数十年后，工业已经起飞，都市中人还不懂得这生活方式中极为重要的一个项目？难道真需要那一条鞭子才行么？

吃相

一位外国朋友告诉我，他旅游西南某地的时候，偶于餐馆进食，忽闻壁板砰砰作响，其声清脆，密集如连珠炮，向人打听才知道是邻座食客正在大啖其糖醋排骨。这一道菜是这餐馆的拿手菜，顾客欣赏这个美味，顺嘴把骨头往旁边喷吐，你也吐，我也吐，所以把壁板打得叮叮当当响。不但顾客为之快意，店主人听了也觉得脸上光彩，认为这是大家为他捧场。这位外国朋友问我这是不是国内各地普遍的风俗，我告诉他我走过十几省还不曾遇见过这样的场面，而且当场若无壁板设备，或是顾客嘴部筋肉不够发达，此种盛况即不易发生。可是我心中暗想，天下之大，无奇不有，这样的事恐怕亦不无发生的可能。

《礼记》有“毋啮骨”之诫，大概包括啃骨头的举动在内。糖醋排骨的肉与骨是比较容易脱离的，大块的骨头上所联带着的肉若是用牙齿咬断下来，那龇牙咧嘴的样子便觉不大雅观。所以“割不正不食”、“席不正不食”都是对于在桌面上进膳的人而言，啮骨应该是桌底下另外一种动物所做的事。不要以为我们一部分人把排骨吐得噼啪响便断定我们的吃相不佳。各地有各地的风俗习惯。

世界上至今还有不少地方是用手抓食的。听说他们是用右手取食，左手则专供做另一种肮脏的事，不可混用，可见也还注重清洁。我不知道像咖喱鸡饭一类黏糊糊儿的东西如何用手指往嘴里送。用手取食，原是古已有之的老法。罗马皇帝尼禄大宴群臣，他从一只硕大无比的烤鹅身上扯下一条大腿，手举着鼓槌，歪着脖子啃而食之，那副贪婪无厌的饕餮相我们可于想象中得之。罗马的光荣不过尔尔，等而下之不必论了。欧洲中古时代，餐桌上的刀叉是奢侈品，从十一世纪到十五世纪不曾被普遍使用，有些人自备刀叉随身携带，这种作风一直延至十八世纪还偶尔可见。据说在酷嗜通心粉的国度里，市廛道旁随处都有贩卖通心粉（与不通心粉）的摊子。食客都是伸出右手像是五股钢叉一般把粉条一卷就送到口里，干净利落。

不要耻笑西方风俗鄙陋，我们泱泱大国自古以来也是双手万能。《礼记》："共饭不泽手。"吕氏注曰："不泽手者，古之饭者以手，与人共饭，摩手而有汗泽，人将恶之而难言。"饭前把手洗洗揩揩也就是了。樊哙把一块生猪肘子放在铁盾上拔剑而啗之，那是鸿门宴上的精彩节目，可是那个吃相也就很可观了。我们不愿意在餐桌上挥刀舞叉，我们的吃饭工具主要的是筷子，筷子即箸，古称饭攲。细细的两根竹筷，搦在手上，运动自如，能戳、能笑、能撮、能扒，神乎其技。不过我们至今也还有用手进食的地方，像从兰州到新疆，"抓饭"、"抓肉"都是很驰名的。我们即使运用筷子，也不能不有相当的约束，若是频频笑取如金鸡乱点头，或挑肥拣瘦的在盘碗里翻翻弄弄如拨草寻蛇，就不雅观。

餐桌礼仪，中西都有一套。外国的餐前祈祷，兰姆的描写可谓淋漓尽致。家长在那里低头闭眼口中念念有词，孩子们很少不在那里做鬼脸的。我们幸而极少宗教观念，小时候不敢在碗里留下饭粒，是怕长大了娶麻子媳妇，不敢把饭粒落在地上，是怕天打雷劈。喝汤而不准吮吸出声是外国规矩，我想这规矩不算太苛，因为外国的汤盆很浅，好像都是狐狸请鹭鸶吃饭时所使用的器皿，一盆汤端到桌上不可能是烫嘴热的，慢一点灌进嘴里去就可以不至于出声。若是喝一口我们的所谓“天下第一菜”口蘑锅巴汤而不出一点声音，岂不强人所难？从前我在北方家居，邻户是一个治安机关，隔着一堵墙，墙那边经常有几十口子在院子里进膳，我可以清晰的听到“呼噜，呼噜，呼——噜”的声响，然后是“咔嚓！”一声。他们是在吃炸酱面，于猛吸面条之后咬一口生蒜瓣。

餐桌的礼仪要重视，不要太重视。外国人吃饭不但要席正；而且挺直腰板，把食物送到嘴边。我们“食不厌精，脍不厌细”，要维持那种姿势便不容易。我见过一位女士，她的嘴并不比一般人小多少，但是她喝汤的时候真能把上下唇撮成一颗樱桃那样大，然后以匙尖触到口边徐徐吮饮之。这和把整个调羹送到嘴里面去的人比较起来，又近于矫枉过正了。人生贵适意，在环境许可的时候是不妨稍为放肆一点。吃饭而能充分享受，没有什么太多礼法的约束，细嚼烂咽，或风卷残云，均无不可，吃的时候怡然自得，吃完之后抹抹嘴鼓腹而游，像这样的乐事并不常见。我看见过两次真正痛快淋漓的吃，印象至今犹新。一次在北京的“灶温”，那是一爿道地的北京小吃馆。棉帘启处，进来了一位赶车的，即是赶轿车的车

夫，辫子盘在额上，衣襟掀起塞在褡布底下，大摇大摆，手里托着菜叶裹的生猪肉一块，提着一根马兰系着的一撮韭黄，把食物往柜台上一拍："掌柜的，烙一斤饼！再来一碗炖肉！"等一下，肉丝炒韭黄端上来了，两张家常饼一碗炖肉也端上来了。他把菜肴分为两份，一份倒在一张饼上，把饼一卷，比拳头要粗，两手扶着矗立在盘子上，张开血盆巨口，左一口，右一口，中间一口！不大的工夫，一张饼下肚，又一张也不见了，直吃得他青筋暴露满脸大汗，挺起腰身连打两个大饱嗝。又一次，我在青岛寓所的后山坡上看见一群石匠在凿山造房，晌午歇工，有人送饭，打开笼屉热气腾腾，里面是半尺来长的发面蒸饺，工人蜂拥而上，每人拍拍手掌便抓起饺子来咬，饺子里面露出绿韭菜馅。又有人挑来一桶开水，上面漂着一个瓢，一个个红光满面围着桶舀水吃。这时候又有挑着大葱的小贩赶来兜售那像甘蔗一般粗细的大葱，登时又人手一截，像是饭后进水果一般。上面这两个景象，我久久不能忘，他们都是自食其力的人，心里坦荡荡的，饥来吃饭，取其充腹，管什么吃相！

旅行

我们中国人是最怕旅行的一个民族。闹饥荒的时候都不肯轻易逃荒，宁愿在家乡吃青草啃树皮吞观音土，生怕离乡背井之后，在旅行中流为饿莩，失掉最后的权益——寿终正寝。至于席丰履厚的人更不愿轻举妄动，墙上挂一张图画，看看就可以当“卧游”，所谓“一动不如一静”。说穿了，“太阳下没有新鲜事物”。号称山川形胜，还不是几堆石头一汪子水？我记得做小学生的时候，郊外踏青，是一桩心跳的事，多早就筹备，起个大早，排成队伍，擎着校旗，鼓乐前导，事后下星期还得作一篇“远足记”，才算功德圆满。旅行一次是如此的庄严！我的外祖母，一生住在杭州城内，八十多岁，没有逛过一次西湖，最后总算去了一次，但是自己不能行走，抬到了西湖，就没有再回来——葬在湖边山上。

古人云：“一生能着几两屐？”这是劝人及时行乐，莫怕多费几双鞋。但是旅行果然是一桩乐事吗？其中是否含着多少苦恼的成分呢？

出门要带行李，那一个几十斤重的五花大绑的铺盖卷儿便是旅行者的第一道难关。要捆得紧，要捆得俏，要四四方方，要见棱见角，与稀松露馅的大包袱要迥异其趣，这已经就不是一个手无缚鸡之力的人所能胜任的了。关卡上偏有好奇人要打开看看，看完之后便很难得再复原。“乘兴而来，兴尽而返。”很多人在打完铺盖卷儿之后就觉得游兴已尽了。在某些国度里，旅行是不需要携带铺盖的。好像凡是有床的地方就有被褥，有被褥的地方就有随时洗换的被单，——旅客可以无牵无挂，不必像蜗牛似的顶着安身的家伙走路。携带铺盖究竟还容易办得到，但是没听说过带着床旅行的，天下的床很少没有臭虫设备的。我很怀疑一个人于整夜输血之后，第二天还有多少精神游山逛水。我有一个朋友发明了一种服装，按着他的头躯四肢的尺寸做了一件天衣无缝的睡衣，人钻在睡衣里面，保留眼前两个窟窿，和外界完全隔绝，——只是那样子有些像是×××，夜晚出来曾经几乎吓死一个人！

原始的交通工具，并不足为旅客之苦。我觉得“滑竿”、“架子车”都比飞机有趣。“御风而行，泠然善也”，那是神仙生涯。在尘世旅行，还是以脚能着地为原则。我们要看看朵朵的白云，但并不想在云隙里钻出钻进；我们要“横看成岭侧成峰，远近高低各不同”，但并不想把世界缩小成假山石一般玩物似的欣赏。我惋惜米尔顿所称述的中土有“挂帆之车”尚不曾坐过。交通工具之原始不是病，病在于舟车之不易得，车夫舟子之不易缠，“衣帽自看”固不待言，还要提防青纱帐起。刘伶“死便埋我”，也不是准备横死。

旅行虽然夹杂着苦恼，究竟有很大的乐趣在。旅行是一种逃避，——逃避人间的丑恶。“大隐藏人海”，我们不是大隐，在人海里藏不住。岂但人海里安不得身？在家园也不容易循迹。成年的圈在四合房里，不必仰屋就要兴叹；成年的看着家里面那一张脸，不必牛衣也要对泣。家里面所能看见的那一块青天，只有那么一大块。取之不尽用之不竭的清风明月，在家里都不能充分享用，要放风筝需要举着竹竿爬上房脊，要看日升月落需要左右邻居没有遮拦。走在街上，熙熙攘攘，磕头碰脑的不是人面兽，就是可怜虫。在这种情形之下，我们虽无勇气披发入山，至少为什么不带着一把牙刷捆起铺盖出去旅行几天呢？在旅行中，少不了风吹雨打，然后倦飞知还，觉得“在家千日好，出门一时难”。这样便可以把那不可容忍的家变成了暂时可以容忍的了。下次忍耐不住的时候，再出去旅行一次。如此的折腾几回，这一生也就差不多了。

旅行中没有不感觉枯寂的，枯寂也是一种趣味。哈兹利特（Hazlitt）主张在旅行时不要伴侣，因为：“如果你说路那边的一片豆田有股香味，你的伴侣也许闻不见。如果你指着远处的一件东西，你的伴侣也许是近视的，还得戴上眼镜看。”一个不合意的伴侣，当然是累赘。但是人是个奇怪的动物，人太多了嫌闹，没人陪着嫌闷。耳边嘈杂怕吵，整天咕嘟着嘴又怕口臭。旅行是享受清福的时候，但是也还想拉上个伴。只有神仙和野兽才受得住孤独。在社会里我们觉得面目可憎、语言无味的人居多，避之惟恐或晚，在大自然里又觉得人与人之间是亲切的。到美国落基山上旅行过的人告诉我，在山上若是遇见另一个旅客，不分男女老幼，一律脱帽招呼，寒暄一两句，这是很有意味的一个习惯。大概只有在旷野里我们才容易感觉到人与人是属于一门一类的动物，平常我们太注意人

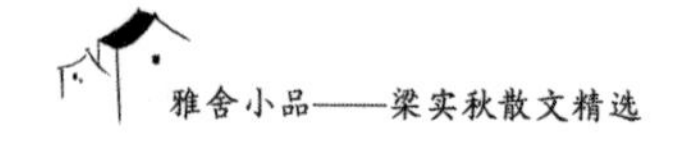

与人的差别了。

真正理想的伴侣是不易得的。客厅里的好朋友不见得即是旅行的好伴侣。理想的伴侣须具备许多条件，不能太脏，如嵇叔夜“头面常一月十五日不洗，不太闷痒不能沐”，也不能有洁癖，什么东西都要用火酒揩；不能如泥塑木雕，如死鱼之不张嘴，也不能终日喋喋不休，整夜鼾声不已；不能油头滑脑，也不能蠢头呆脑，要有说有笑，有动有静，静时能一声不响的陪着你看行云，听夜雨，动时能在草地上打滚像一条活鱼！这样的伴侣哪里去找？

送行

“黯然销魂者，惟别而已矣。”遥想古人送别，也是一种雅人深致。古时交通不便，一去不知多久，再见不知何年，所以南浦唱支骊歌，灞桥折条杨柳，甚至在阳关敬一杯酒，都有意味。李白的船刚要启碇，汪伦老远的在岸上踏歌而来，那幅情景真是历历如在目前。其妙处在于纯朴真挚，出之于潇洒自然。平夙莫逆于心，临别难分难舍。如果平常我看着你面目可憎，你觉得我语言无味，一旦远离，那是最好不过，只恨世界太小，惟恐将来又要碰头，何必送行？

在现代人的生活里，送行是和拜寿送殡等等一样的成为应酬的礼节之一。“揪着公鸡尾巴”起个大早，迷迷糊糊的赶到车站码头，挤在乱哄哄人群里面，找到你的对象，扯几句淡话，好容易耗到汽笛一叫，然后作鸟兽散，吐一口轻松气，噘着大嘴回家。这叫作周到。在被送的那一方面，觉得热闹，人缘好，没白混，而且体面，有这么多人舍不得我走，斜眼看着旁边的没人送的旅客，相形之下，尤其容易起一种优越之感，不禁精神抖擞，恨不得对每一个送行的人要握八次手，道十回谢。死人出殡，都讲究要有多少亲友

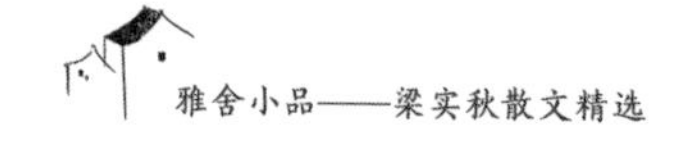

执绋，表示恋恋不舍，何况活人？行色不可不壮。

悄然而行似是不大舒服，如果别的旅客在你身旁耀武扬威的与送行的话别，那会增加旅中的寂寞。这种情形，中外皆然。Max Beer-bohm写过一篇《谈送行》。他说他在车站上遇见一位以演剧为业的老朋友在送一位女客，始而喁喁情话，俄而泪湿双颊，终乃汽笛一声，勉强抑止哽咽，向女郎频频挥手，目送良久而别。原来这位演员是在作戏，他并不认识那位女郎，他是属于“送行会”的一个职员，凡是旅客孤身在外而愿有人到站相送的，都可以到“送行会”去雇人来送。这位演员出身的人当然是送行的高手，他能放进感情，表演逼真。客人纳费无多，在精神上受惠不浅。尤其是美国旅客，用金钱在国外可以购买一切，如果“送行会”真的普遍设立起来，送行的人也不虞缺乏了。

送行既是人生中所不可少的一桩事，送行的技术也便不可不注意到。如果送行只限于到车站码头报到，握手而别，那么问题就简单，但是我们中国的一切礼节都把“吃”列为最重要的一个项目。一个朋友远别，生怕他饿着走，饯行是不可少的，恨不得把若干天的营养都一次囤积在他肚里。我想任何人都有这种经验，如有远行而消息外露（多半还是自己宣扬），他有理由期望着饯行的帖子纷至沓来，短期间家里可以不必开伙。还有些思虑更周到的人，把食物携在手上，亲自送到车上船上，好像是你在半路上会要挨饿的样子。

我永远不能忘记最悲惨的一幕送行。一个严寒的冬夜，车站上并不热闹，客人和送客的人大都在车厢里取暖，但是在长得没有止境的月台上却有黑乎乎的一堆送行的人，有的围着斗篷，有的戴着风帽，有的脚尖在洋灰地上敲鼓似的乱动，我走近一看全是熟人，都是来送一位太太的。车快开了，不见她的踪影，原来在这一晚她还有几处饯行的宴会。在最后的一分钟，她来了。送行的人们觉得是在接一个人，不是在送一个人，一见她来到大家都表示喜欢，所有惜别之意都来不及表现了。她手上抱着一个孩子，吓得直哭，另一只手扯着一个孩子，连跑带拖，她的头发蓬松着，嘴里喷着热气像是冬天载重的骡子，她顾不得和送行的人周旋，三步两步的就跳上了车。这时候车已在蠕动。送行的人大部分都手里提着一点东西，无法交付，可巧我站在离车门最近的地方，大家把礼物都交给了我，“请您偏劳给送上去吧！”我好像是一个圣诞老人，抱着一大堆礼物，我一个箭步蹿上了车，我来不及致辞，把东西往她身上一扔，回头就走，从车上跳下来的时候，打了几个转才立定脚跟。事后我接到她一封信，她说：

> 那些送行的都是谁？你丢给我那一堆东西，到底是谁送的？我在车上整理了好半天，才把那堆东西聚拢起来打成一个大包袱。朋友们的盛情算是给我添了一件行李。我愿意知道哪一件东西是哪一位送的，你既是代表送上车的，你当然知道，盼速见告。

> 水果三筐，泰康罐头四个，果露两瓶，蜜饯四盒，饼干四罐，豆腐乳四罐，蛋糕四盒，西点八盒，纸烟八听，信纸信封

一匣，丝袜两双，香水一瓶，烟灰碟一套，小钟一具，衣料两块，酱菜四篓，绣花拖鞋一双，大面包四个，咖啡一听，小宝剑两把……

这问题我无法答复，至今是个悬案。

我不愿送人，亦不愿人送我，对于自己真正舍不得离开的人，离别的那一刹那像是开刀，凡是开刀的场合照例是应该先用麻醉剂，使病人在迷蒙中度过那场痛苦，所以离别的苦痛最好避免。一个朋友说："你走，我不送你；你来，无论多大风多大雨，我要去接你。"我最赏识那种心情。

喝茶

我不善品茶，不通茶经，更不懂什么茶道，从无两腋之下习习生风的经验。但是，数十年来，喝过不少茶，北平的双窨、天津的大叶、西湖的龙井、六安的瓜片、四川的沱茶、云南的普洱、洞庭湖的君山茶、武夷山的岩茶，甚至不登大雅之堂的茶叶梗与满天星随壶净的高末儿，都尝试过。茶是我们中国人的饮料，口干解渴，惟茶是尚。茶字，形近于荼，声近于槚，来源甚古，流传海外，凡是有中国人的地方就有茶。人无贵贱，谁都有份，上焉者细啜名种，下焉者牛饮茶汤，甚至路边埂畔还有人奉茶。北人早起，路上相逢，辄问讯："喝茶未？"茶是开门七件事之一，乃人生必需品。

孩提时，屋里有一把大茶壶，坐在一个有棉衬垫的藤箱里，相当保温，要喝茶自己斟。我们用的绿豆碗，这种碗大号的是饭碗，小号的是茶碗，作绿豆色，粗糙耐用，当然和宋瓷不能比，和江西瓷不能比，和洋瓷也不能比，可是有一股朴实厚重的风貌。现在这种碗早已绝迹，我很怀念。这种碗打破了不值几文钱，脑勺子上也不至于挨巴掌。银托白瓷小盖碗是祖父母专用的，我们看着并不羡慕。看那小小的一盏，两口就喝光，泡两三回就得换茶叶，多麻烦。如今盖碗很少见了，除非是到故宫博物院拜会蒋院长，他那大客厅里总是会端出盖碗茶敬客。再不就是在电视剧中也常看见有盖碗茶，可是演员一手执盖一手执碗缩着脖子啜茶那副狼狈相，令人发噱，因为他不知道盖碗茶应该是怎样的喝法。他平素自己喝茶大概一直是用玻璃杯、保温杯之类，如今，我们此地见到的盖碗，多半是近年来本地制造的“万寿无疆”的那种样式，瓷厚了一些；日本制的盖碗，样式微有不同，总觉得有些怪怪的。近有人回大陆，顺便探视我的旧居，带来我三十多年前天天使用的一只瓷盖碗，原是十二套，只剩此一套了，碗沿还有一点磕损，睹此旧物，勾起往日的心情，不禁黯然。盖碗究竟是最好的茶具。

茶叶品种繁多，各有擅场。有友来自徽州，同学清华，徽州产茶胜地，但是他看到我用一撮茶叶放在壶里沏茶，表示惊讶，因为他只知道茶叶是烘干打包捆载上船沿江运到沪杭求售，剩下来的茶梗才是家人饮用之物。恰如北人所谓“卖席的睡凉炕”。我平素喝茶，不是香片就是龙井，多次到大栅栏东鸿记或西鸿记去买茶叶，在柜台前面一站，徒弟搬来凳子让坐，看伙计称茶叶，分成若干小包，包得见棱见角，那份手艺只有药铺伙计可以媲美。茉莉花窨过的茶叶，临卖的时候再抓一把鲜茉莉花放在表面上，所以叫作双窨。于是茶店里经常是茶香花香，郁郁菲菲。父执有名玉贵者，旗人，精于饮馔，居恒以一半香片一半龙井混合沏之，有香片之浓馥，兼龙井之苦清。吾家效而行之，无不称善。茶以人名，乃迳呼此茶为“玉贵”。私家秘传，外人无由得知。

其实，清茶最为风雅。抗战前造访知堂老人于苦茶庵，主客相对总是有清茶一盂，淡淡的、涩涩的、绿绿的。我曾屡侍先君游西子湖，从不忘记品尝当地的龙井，不需要攀登南高峰凤凰岭，近处平湖秋月就有上好的龙井茶，开水现冲，风味绝佳。茶后进藕粉一碗，四美具矣。正是“穿牖而来，夏日清风冬日日；卷帘相见，前山明月后山山”（骆成骧联）。有朋自六安来，贻我瓜片少许，叶大而绿，饮之有荒野的气息扑鼻。其中西瓜茶一种，真有西瓜风味。我曾过洞庭，舟泊岳阳楼下，购得君山茶一盒。沸水沏之，每片茶叶均如针状直立漂浮，良久始舒展下沉，味品清香不俗。

初来台湾，粗茶淡饭，颇想倾阮襄之所有在饮茶一端偶作豪华之享受。一日过某茶店，索上好龙井，店主将我上下打量，取八元一斤之茶叶以应，余示不满，乃更以十二元者奉上，余仍不满，店主勃然色变，厉声曰：“买东西，看货色，不能专以价钱定上下。提高价格，自欺欺人耳！先生奈何不察？”我爱其戆直。现在此茶店门庭若市，已成为业中之翘楚。此后我饮茶，但论品味，不问价钱。

茶之以浓酽胜者莫过于工夫茶。《潮嘉风月记》说工夫茶要细炭初沸连壶带碗泼浇，斟而细呷之，气味芳烈，较嚼梅花更为清绝。我没嚼过梅花，不过我旅居青岛时有一位潮州澄海朋友，每次聚饮酩酊，辄相偕走访一潮州帮巨商于其店肆。肆后有密室，烟具、茶具均极考究，小壶小盅有如玩具。更有娈婉卯童伺候煮茶、烧烟，因此经常饱吃工夫茶，诸如铁观音、大红袍，吃了之后还携带几匣回家。不知是否故弄玄虚，谓炉火与茶具相距以七步为度，沸水温度方合标准。与小盅而饮之，若饮罢迳自返盅于盘，则主人不悦，须举盅至鼻头猛嗅两下。这茶最有解酒之功，如嚼橄榄，舌根微涩，数巡之后，好像是越喝越渴，欲罢不能。喝工夫茶，要有工夫，细呷细品，要有设备，要人服侍，如今乱糟糟的社会里谁有那么多的工夫？红泥小火炉哪里去找？伺候茶汤的人更无论矣。普洱茶，漆黑一团，据说也有绿色者，泡烹出来黑不溜秋，粤人喜之。在北平，我只在正阳楼看人吃烤肉，吃得口滑肚子膨亨不得动弹，才高呼堂倌泡普洱茶。四川的沱花亦不恶，惟一般茶馆应市者非上品。台湾的乌龙，名震中外，大量生产，佳者不易得。处处标榜冻顶，事实上哪里有那么多的冻顶？

喝茶，喝好茶，往事如烟。提起喝茶的艺术，现在好像谈不到了，不提也罢。

饮酒

酒实在是妙。几杯落肚之后就会觉得飘飘然、醺醺然。平素道貌岸然的人，也会绽出笑脸；一向沉默寡言的人，也会议论风生。再灌下几杯之后，所有的苦闷烦恼全都忘了，酒酣耳热，只觉得意气飞扬，不可一世，若不及时知止，可就难免玉山颓欹，剔吐纵横，甚至撒疯骂座，以及种种的酒失酒过全部的呈现出来。莎士比亚的《暴风雨》里的卡力班，那个象征原始人的怪物，初尝酒味，觉得妙不可言，以为把酒给他喝的那个人是自天而降，以为酒是甘露琼浆，不是人间所有物。美洲印第安人初与白人接触，就是被酒所倾倒，往往不惜举土地界人以交换一些酒浆。印第安人的衰灭，至少一部分是由于他们的荒腆于酒。

我们中国人饮酒，历史久远。发明酒者，一说是仪逖，又说是杜康。仪逖夏朝人，杜康周朝人，相距很远，总之是无可稽考。也许制酿的原料不同、方法不同，所以仪逖的酒未必就是杜康的酒。尚书有《酒诰》之篇，谆谆以酒为戒，一再的说“祀兹酒”（停止这样的喝酒），“无彝酒”（勿常饮酒），想见古人饮酒早已相习成风，而且到了“大乱丧德”的地步。三代以上的事多不可考，不过从汉起就有酒榷之说，以后各代因之，都是课税以裕国帑，并没有寓禁于征的意思。酒很难禁绝，美国1920年起实施酒禁，雷厉风行，依然到处都有酒喝。当时笔者道出纽约，有一天友人邀我食于某中国餐馆，入门直趋后室，索五加皮，开怀畅饮。忽警察闯入，友人止予勿惊。这位警察徐徐就座，解手枪，锵然置于桌上，索五加皮独酌，不久即伏案酣睡。1933年酒禁废，直如一场儿戏。民之所好，非政令所能强制。在我们中国，汉萧何造律："三人以上无故群饮，罚金四两。"此律不曾彻底实行。事实上，酒楼妓馆处处笙歌，无时不飞觞醉月。文人雅士水边修禊，山上登高，一向离不开酒。名士风流，以为持螯把酒，便足了一生；甚至于酣饮无度，扬言"死便埋我"，好像大量饮酒不是什么不很体面的事，真所谓"酗于酒德"。

对于酒，我有过多年的体验。第一次醉是在六岁的时候，侍先君饭于致美斋（北平煤市街路西）楼上雅座，窗外有一棵不知名的大叶树，随时簌簌作响。连喝几盅之后，微有醉意，先君禁我再喝，我一声不响站立在椅子上舀了一匙高汤，泼在他的一件两截衫上。随后我就倒在旁边的小木炕上呼呼大睡，回家之后才醒。我的父母都喜欢酒，所以我一直都有喝酒的机会。"酒有别肠，不必长大"，语见《十国春秋》，意思是说酒量的大小与身体的大小不必成正比例，壮健者未必能饮，瘦小者也许能鲸吸。我小时候就是瘦弱如一根绿豆芽。酒量是可以慢慢磨练出来的，不过有其极限。我的酒量不大，我也没有亲见过一般人所艳称的那种所谓海量。古代传说"文王饮酒千钟，孔子百觚"，王充《论衡·语增篇》就大加驳斥，他说：“文王之身如防风之君，孔子之体如长狄之人，乃能堪之。”且文王孔子率礼之人也，何至于醉酗乱身？就我孤陋的见闻所及，无论是“青州从事”或“平原督邮”，大抵白酒一斤或黄酒三五斤即足以令任何人头昏目眩粘牙倒齿。惟酒无量，以不及于乱为度，看各人自制力如何耳。不为酒困，便是高手。

酒不能解忧，只是令人在由兴奋到麻醉的过程中暂时忘怀一切。即刘伶所谓“无息无虑，其乐陶陶”。可是酒醒之后，所谓“忧心如醒”，那份病酒的滋味很不好受，所付代价也不算小。我在青岛居住的时候，那地方背山面海，风景如画，在很多人心目中是最理想的卜居之所，惟一缺憾是很少文化背景，没有古迹耐人寻味，也没有适当的娱乐。看山观海，久了也会腻烦，于是呼朋聚饮，三日一小饮，五日一大宴，豁拳行令，三十斤花雕一坛，一夕而罄。七名酒徒加上一位女史，正好八仙之数，乃自命为酒中八仙。有时且结伙远征，近则济南，远则南京、北京，不自谦抑，狂言“酒压胶济一带，拳打南北二京”，高自期许，俨然豪气干云的样子。当时作践了身体，这笔账日后要算。一日，胡适之先生过青岛小憩，在宴席上看到八仙过海的盛况大吃一惊，急忙取出他太太给他的一个金戒指，上面镌有“戒”字，戴在手上，表示免战。过后不久，胡先生就写信给我说：“看你们喝酒的样子，就知道青岛不宜久居，还是到北京来吧！”我就到北京去了。现在回想当年酗酒，哪里算得是勇，直是狂。

酒能削弱人的自制力，所以有人酒后狂笑不置，也有人痛哭不已，更有人口吐洋语滔滔不绝，也许会把平夙不敢告人之事吐露一二，甚至把别人的阴私也当众抖露出来。最令人难堪的是强人饮酒，或单挑，或围剿，或投下井之石，千方百计要把别人灌醉，有人诉诸武力，捏着人家的鼻子灌酒！这也许是人类长久压抑下的一部分兽性之发泄，企图获取胜利的满足，比拿起石棒给人迎头一击要文明一些而已。那咄咄逼人的声嘶力竭的豁拳，在赢拳的时候，那一声拖长了的绝叫，也是表示内心的一种满足。在别处得不到满足，就让他们在聚饮的时候如愿以偿吧！只是这种闹饮，以在有隔音设备的房间里举行为宜，免得侵扰他人。

《菜根谭》所谓“花看半开，酒饮微醺”的趣味，才是最令人低徊的境界。

谈时间

希腊哲学家Diogenes经常睡在一只瓦缸里，有一天亚历山大皇帝走去看他，以皇帝的惯用口吻问他：“你对我有什么请求吗？”这位玩世不恭的哲人翻了翻白眼，答道：“我请求你走开一点，不要遮住我的阳光。”

这个家喻户晓的小故事，究竟涵义何在，恐怕见仁见智各有不同的看法。我们通常总是觉得那位哲人视尊荣犹敝屣，富贵如浮云，虽然皇帝驾到，殊无异于等闲之辈，不但对他无所希冀，而且亦不必特别的假以颜色。可是约翰逊博士有另一种看法，他认为应该注意的是那阳光，阳光不是皇帝所能赐予的，所以请求他不要把他所不能赐予的夺了去。这个请求不能算奢，却是用意深刻。因此约翰逊博士由“光阴”悟到“时间”，时间也者虽然也是极为宝贵，而也是常常被人劫夺的。

“人生不满百”大致是不错的。当然，老而不死的人，不是没有，不过期颐以上不是一般人所敢想望的。数十寒暑当中，睡眠去了很大一部分。苏东坡所谓“睡眠去其半”稍嫌有点夸张，大约三分之一总是有的。童蒙一段时期，说它是天真未凿也好，说它是昏昧无知也好，反正是浑浑噩噩，不知不觉；及至寿登耄耋，老悖聋瞑，甚至“佳丽当前，未能缱绻”，比死人多一口气，也没有多少生趣可言。掐头去尾，人生所余无几。就是这短暂的一生，时间亦不见得能由我们自己支配。约翰逊博士所抱怨的那些不速之客，动辄登门拜访，不管你正在怎样忙碌，他觉得宾至如归，这种情形固然令人啼笑皆非，我觉得究竟不能算是怎样严重的“时间之贼”。他只是在我们的有限的资本上抽取一点捐税而已。我们的时间大宗的消耗，怕还是要由我们自己负责。

有人说：“时间即生命。”也有人说：“时间即金钱。”二说均是，因为有人根本认为金钱即生命。不过细想一下，有命斯有财，命之不存，财于何有？有钱不要命者，固然实繁有徒，但是舍财不舍命，仍然是较聪明的办法。所以《淮南子》说：“圣人不贵尺之壁而重寸之阴，时难得而易失也。”我们幼时，谁没作过“惜阴说”之类的课艺？可是谁又能趁早体会到时间之“难得到易失”？我小的时候，家里请了一位教师，书房上有一座钟，我和我的姊姊常乘教师不注意的时候把时针往前拨快半个钟头，以便提早放学，后来被老师觉察了，他用朱笔在窗户纸上的太阳阴影划一痕记，作为放学的时刻，这才息了逃学的念头。

时光不断的在流转，任谁也不能攀住它停留片刻。“逝者如斯夫，不舍昼夜！”我们每天撕一张日历，日历越来越薄，快要撕完的时候便不免瞿然以惊，惊的是又临岁晚，假使我们把几十册日历装为合订本，那便象征我们的全部的生命，我们一页一页的往下扯，该是什么样的滋味呢？“冬天一到，春天还会远吗？”可是你一共能看见几次冬尽春来呢?

不可挽住的就让它去吧！问题在，我们所能掌握的尚未逝去的时间，如何去打发它。梁任公先生最恶闻“消遣”二字，只有活得不耐烦的人才忍心去“杀时间”。他认为一个人要做的事太多，时间根本不够用，哪里还有时间可供消遣？不过打发时间的方法，亦人各不同，士各有志。乾隆皇帝下江南，看见运河上舟楫往来，熙熙攘攘，顾问左右：“他们都在忙些什么？”和珅侍卫在侧，脱口而出：“无非名利二字。”这答案相当正确，我们不可以人废言。不过三代以下惟恐其不好名，大概名利二字当中还是利的成分大些。“人为财死，鸟为食亡。”时间即金钱之说仍属不诬。诗人渥资华斯有句：

> 尘世耗用我们的时间太多了，夙兴夜寐，
> 赚钱挥霍，把我们的精力都浪费掉了。

所以有人宁可遁迹山林，享受那清风明月，“侣鱼虾而友麋鹿”，过那高蹈隐逸的生活。诗人济慈宁愿长时间守着一株花，看那花苞徐徐展瓣，以为那是人间至乐。嵇康在大树底下扬槌打铁，“浊酒一杯，弹琴一曲”；刘伶“止则操卮执觚，动则挈榼提壶”，一生中无思无虑、其乐陶陶。这又是一种颇不寻常的方式。最彻底的超然的例子是《传灯录》所记载的“南泉和尚问陆亘曰：‘大夫十二时中作么生？’陆云：‘寸丝不挂！’”寸丝不挂即是了无挂碍之谓，“原来无一物，何处染尘埃？”这境界高超极了，

可以说是“以天地为一朝，万期为须臾”，根本不发生什么时间问题。

人，诚如波斯诗人莪谟伽耶玛所说，来不知从何处来，去不知向何处去。来时并非本愿，去时亦未征得同意，糊里糊涂的在世间逗留一段时间。在此期间内，我们是以心为形役呢，还是立德立功立言以求不朽呢？还是参究生死直超三界呢？这大主意需要自己拿。

书房

书房，多么典雅的一个名词！很容易令人联想到一个书香人家。书香是与铜臭相对待的。其实书未必香，铜亦未必臭。周彝商鼎，古色斑烂，终日摩挲亦不觉其臭，铸成钱币才沾染市侩味，可是不复流通的布帛刀错又常为高人赏玩之资。书之所以为香，大概是指松烟油墨印上了毛边纸，从不大通风的书房里散发出来的那一股怪味，不是桂馥兰薰，也不是霉烂馊臭，是一股混合的难以形容的怪味。这种怪味只有书房里才有，而只有士大夫人家才有书房。书香人家之得名大概是以此。

寒窗之下苦读的学子多半是没有书房的，囊萤凿壁的就更不用说。所以对于寒苦的读书人，书房是可望而不可即的豪华神仙世界。伊士珍《琅嬛记》："张华游于洞宫，遇一人引至一处。别是天地，每室各有奇书，华历观诸室书，皆汉以前事，多所未闻者，问其地，曰：'琅嬛福地也。'"这是一位读书人希求冥想一个理想的读书之所，乃托之于神仙梦境。其实除了赤贫的人饔飧不继谈不到书房外，一般的读书人，如果肯要一个书房，还是可以好好布置出一个来的。有人分出一间房子养来亨鸡，也有人分出一间房子养狗，就是匀不出一间做书房。我还见过一位富有的知识分子，他不但没有书房，也没有书桌，我亲见他的公子趴在地上读书，他的女公子用一块木板在沙发上写字。

一个正常的良好的人家，每个孩子应该拥有一个书桌，主人应该拥有一间书房。书房的用途是庋藏图书并可读书写作于其间，不是用以公开展览藉以骄人的。“丈夫拥有万卷书，何假南面百城！”这种话好像是很潇洒而狂傲，其实是心尚未安无可奈何的解嘲语，徒见其不丈夫。书房不在大，亦不在设备佳，适合自己的需要便是。局促在几尺宽的走廊一角，只要放得下一张书桌，依然可以作为一个读书写作的工厂，大量出货。光线要好，空气要流通，红袖添香是不必要的，既没有香，“素腕举，红袖长”反倒会令人心有别注。书房的大小好坏，和一个人读书写作的成绩之多少高低，往往不成正比例。有好多著名作品是在监狱里写的。

我看见过的考究的书房当推宋春舫先生的褐木庐为第一，在青岛的一个小小的山头上，这书房并不与其寓邸相连，是单独的一栋。环境清幽，只有鸟语花香，没有尘嚣市扰。《太平清话》：“李德茂环积坟籍，名曰书城。”我想那书城未必能和褐木庐相比。在这里，所有的图书都是放在玻璃柜里，柜比人高，但不及栋。我记得藏书是以法文戏剧为主。所有的书都是精装，不全是buckram（胶硬精布），有些是真的小牛皮装订（half calf，ooze calf，etc），烫金的字在书脊上排着队闪闪发亮。也许这已经超过了书房的标准，微近于藏书楼的性质，因为他还有一册精印的书目。普通的读书人谁也不会把他书房里的图书编目。

周作人先生在北平八道湾的书房，原名苦雨斋，后改为苦茶庵，不离苦的味道。小小的一幅横额是沈尹默写的。是北平式的平房，书房占据了里院上房三间，两明一暗。里面一间是知堂老人读书写作之处，偶然也延客品茗，几净窗明一尘不染。书桌上文房四宝井然有致。外面两间像是书库，约有十个八个书架立在中间，图书中西兼备，日文书数量很大。真不明白苦茶庵的老和尚怎么会掉进了泥淖一辈子洗不清！

闻一多的书房，和闻一多先生的书桌一样，充实、有趣而乱。他的书全是中文书，而且几乎全是线装书。在青岛的时候，他仿效青岛大学图书馆庋藏中文图书的办法，给成套的中文书装制蓝布面，用白粉写上宋体字的书名，直立在书架上。这样的装备应该是很整齐可观，但是主人要作考证，东一部西一部的图书便要从书架上取下来参加獭祭的行列了，其结果是短榻上、地板上，惟一的一把木雕制的太师椅上，全都是书。那把太师椅玲珑邦硬，可以入画，不宜坐人，其实亦不宜于堆书，却是他书斋中最惹眼的一个点缀。

潘光旦在清华南院的书房另有一种情趣。他是以优生学专家的素养来从事我国谱牒学研究的学者，他的书房收藏这类图书极富。他喜欢用书榲，那就是用两块木板将一套书夹起来，立在书架上。他在每套书上系一根竹制的书签，签上写着书名。这种书签实在很别致，不知杜工部《将赴草堂途中有作》所谓“书签药里封尘网”的书签是否即系此物。光旦一直在北平，失去了学术研究的自由，晚年丧偶，又复失明，想来他书房中那些书签早已封尘网了！

汗牛充栋，未必是福。丧乱之中，牛将安觅？多少爱书的人士都把他们苦心聚集的图书抛弃了，而且再也鼓不起勇气重建一个像样的书房。藏书而充栋，确有其必要，例如从前我家有一部小字本的图书集成，摆满上与梁齐的靠着整垛山墙的书架，取上层的书须用梯子，爬上爬下很不方便，可是充栋的书架有时仍是不可少。我来台湾后，一时兴起，兴建了一个连在墙上的大书架，邻居绸缎商来参观，叹曰："造这样大的木架有什么用，给我摆列绸缎匹头倒还合用。"他的话是不错的。书不能令人致富，书还给人带来麻烦，能像郝隆那样七月七日在太阳底下晒肚子就好，否则不堪衣食之忧，真不如尽量的把图书塞入腹笥，晒起来方便，运起来也方便。如果图书都能做成"显微胶片"纳入腹中，或者放映在脑子里，则书房就成为不必要的了。

书

从前的人喜欢夸耀门第，纵不必家世贵显，至少也要是书香人家才能算是相当的门望。书而曰香，盖亦有说。从前的书，所用纸张不外毛边、连史之类，加上松烟油墨，天长日久密不通风自然生出一股气味，似沉檀非沉檀，更不是桂馥兰薰，并不沁人脾胃，亦不特别触鼻，无以名之，名之曰书香。书斋门窗紧闭，乍一进去，书香特别浓，以后也就不大觉得。现代的西装书，纸墨不同，好像有一股煤油味，不好说是书香了。

不管香不香，开卷总是有益。所以世界上有那么多有书癖的人，读书种子是不会断绝的。买书就是一乐，旧日北平琉璃厂隆福寺街的书肆最是诱人，你迈进门去向柜台上的伙计点点头便直趋后堂，掌柜的出门迎客，分宾主落座，慢慢的谈生意。不要小觑那位书贾，关于目录版本之学他可能比你精。搜访图书的任务，他代你负担，只要他摸清楚了你的路数，一有所获立刻专人把样函送到府上，合意留下翻看，不合意他拿走，和和气气。书价么，过节再说。在这样情形之下，一个读书人很难不染上“书淫”的毛病，等到四面卷轴盈满，连坐的地方都不容易匀让出来，那时候便可以顾盼自雄，酸溜溜的自叹“丈夫拥书万卷，何假南面百城”？现代我们买书比较方便，但是搜访的乐趣，搜访而偶有所获的快感，都相当的减少了。挤在书肆里浏览图书，本来应该是像牛吃嫩草，不慌不忙的，可是若有店伙眼睛紧盯着你，生怕你是一名雅贼，你也就不会怎样的从容，还是早些离开这是非之地好些。更有些书不裁毛边，干脆拒绝翻阅。

“郝隆七月七日，出日中仰卧，人问其故，曰：‘我晒书。’”（见《世说新语》）郝先生满腹诗书，晒书和日光浴不妨同时举行。恐怕那时候的书在数量上也比较少，可以装进肚里去。司马温公也是很爱惜书的，他告诫儿子说：“吾每岁以上伏及重阳间视天气晴明日，即净几案于当日所，侧群书其上以晒其脑。所以年月虽深，从不损动。”书脑即是书的装订之处，翻页之处则曰书口。司马温公看书也有考究，他说：“至于启卷，必先几案洁净，藉以茵褥，然后端坐看之。或欲行看，即承以方版，未曾敢空手捧之，非惟手污渍及，亦虑触动其脑。每至看竟一版，即侧右手大指面衬其沿，随覆以次指面，捻而夹过，故得不至揉熟其纸。每见汝辈多以指爪撮起，甚非吾意。”（见《宋稗类钞》）我们如今的图书不这样名贵，并且装订技术进步，不像宋朝的“蝴蝶装”那样的娇嫩，但是读书人通常还是爱惜他的书，新书到手先裹上一个包皮，要晒，要揩，要保管。我也看见过名副其实的收藏家，爱书爱到根本不去读它的程度，中国书则锦函牙签，外国书则皮面金字，庋置柜橱，满室琳琅，真好像是琅嬛福地，书变成了陈设，古董。

有人说“借书一痴，还书一痴”。有人分得更细：“借书一痴，惜书二痴，索书三痴，还书四痴。”大概都是有感于书之有借无还。书也应该深藏若虚，不可慢藏诲盗。最可恼的是全书一套借去一本，久假不归，全书成了残本。明人谢肇淛编《五杂俎》，记载一位“虞参政藏书数万卷，贮之一楼，在池中央，小木为彴，夜则去之。榜其门曰：‘楼不延客，书不借人。’”这倒是好办法，可惜一般人难得有此设备。

读书乐，所以有人一卷在手往往废寝忘食。但是也有人一看见书就哈欠连连，以看书为最好的治疗失眠的方法。黄庭坚说：“人不读书，则尘俗生其间，照镜则面目可憎，对人则语言无味。”这也要看所读的是些什么书。如果读的尽是一些猥亵的东西，其人如何能有书卷气之可言？宋真宗皇帝的劝学文，实在令人难以入耳：“富家不用买良田，书中自有千钟粟，安居不用架高堂，书中自有黄金屋，出门莫恨无人随，书中车马多如簇，娶妻莫恨无良媒，书中自有颜如玉，男儿欲遂平生志，六经勤向窗前读。”不过是把书当作敲门砖以遂平生之志，勤读六经，考场求售而已。十载寒窗，其中只是苦，而且吃尽苦中苦，未必就能进入佳境。倒是英国十九世纪的罗斯金，在他的《芝麻与白百合》第一讲里，劝人读书尚友古人，那一番道理不失雅人深致。古圣先贤，成群的名世的作家，一年四季的排起队来立在书架上面等候你来点唤，呼之即来挥之即去。行吟泽畔的屈大夫，一邀就到；饭颗山头的李白、杜甫也会连袂而来；想看外国戏，环球剧院的拿手好戏都随时承接堂会；亚里士多德可以把他逍遥廊下的讲词对你重述一遍。这真是读书乐。

我们国内某一处的人最好赌博，所以讳言书，因为书与输同音，读书曰读胜。基于同一理由，许多地方的赌桌旁边忌人在身后读书。人生如博弈，全副精神去应付，还未必能操胜算。如果沾染上书癖，势必呆头呆脑，变成书呆，这样的人在人生的战场之上怎能不大败亏输？所以我们要钻书窟，也还要从书窟里钻出来。朱晦庵有句："书册埋头何日了，不如抛却去寻春。"是见道语，也是老实话。

第三辑　雅舍谈吃

生命有限，吃一顿就少一顿，每一餐都不能辜负。

西施古

郁达夫1936年有《饮食男女在福州》一文，记西施舌云：

> 《闽小记》里所说西施舌，不知道是否指蚌肉而言，色白而腴，味脆且鲜，以鸡汤煮得适宜，长圆的蚌肉，实在是色香味形俱佳的神品。

案《闽小记》是清初周亮工宦游闽垣时所作的笔记。西施舌属于贝类，似蛏而小，似蛤而长，并不是蚌。产浅海泥沙中，故一名沙蛤。其壳约长十五公分，作长椭圆形，水管特长而色白，常伸出壳外，其状如舌，故名西施舌。

初到闽省的人，尝到西施舌，莫不惊为美味。其实西施舌并不限于闽省一地。以我所知，自津沽青岛以至闽台，凡浅海中皆产之。

清张焘《津门杂记》录诗一首咏西施舌：

> 灯火楼台一望开，

放怀那惜倒金罍。

朝来饱啖西施舌，

不负津门鼓棹来。

诗不见佳，但亦可见他的兴致不浅。

我第一次吃西施舌是在青岛顺兴楼席上，一大碗清汤，浮着一层尖尖的白白的东西，初不知为何物，主人曰是乃西施舌，含在口中有滑嫩柔软的感觉，尝试之下果然名不虚传，但觉未免唐突西施。高汤汆西施舌，盖仅取其舌状之水管部分。若郁达夫所谓“长圆的蚌肉”，显系整个的西施舌之软体全入釜中。现下台湾海鲜店所烹制之西施舌即是整个一块块软肉上桌，较之专取舌部，其精粗之差不可以道里计。郁氏盛誉西施舌之“色香味形”，整个的西施舌则形实不雅，岂不有负其名？

狮子头

狮子头，扬州名菜。大概是取其形似，而又相当大，故名。北方饭庄称之为四喜丸子，因为一盘四个。北方做法不及扬州狮子头远甚。

我的同学王化成先生，扬州人，幼失怙，赖姑氏扶养成人，姑善烹调，化成耳濡目染，亦通调和鼎鼐之道。化成官外交部多年，后外放葡萄牙公使历时甚久，终于任上。他公余之暇，常亲操刀俎，以娱嘉宾。狮子头为其拿手杰作之一，曾以制作方法见告。

狮子头人人会做，巧妙各有不同。化成教我的方法是这样的——

首先取材要精。细嫩猪肉一大块，七分瘦三分肥，不可有些须筋络纠结于其间。切割之际最要注意，不可切得七歪八斜，亦不可剁成碎泥，其秘诀是“多切少斩”。挨着刀切成碎丁，越碎越好，然后略为斩剁。

次一步骤也很重要。肉里不羼芡粉，容易碎散；加了芡粉，黏糊糊的不是味道。所以调好芡粉要抹在两个手掌上，然后捏搓肉末成四个丸子，这样丸子外表便自然糊上了一层芡粉，而里面没有。

把丸子微微按扁，下油锅炸，以丸子表面紧绷微黄为度。

再下一步是蒸。碗里先放一层转刀块冬笋垫底，再不然就横切黄芽白作墩形数个也好。把炸过的丸子轻轻放在碗里，大火蒸一个钟头以上。揭开锅盖一看。浮着满碗的油，用大匙把油撇去，或用大吸管吸去，使碗里不见一滴油。

这样的狮子头，不能用筷子夹，要用羹匙舀，其嫩有如豆腐。肉里要加葱汁、姜汁、盐。愿意加海参、虾仁、荸荠、香蕈，各随其便。不过也要切碎。

狮子头是雅舍食谱中重要的一色。最能欣赏的是当年在北碚的编译馆同仁萧毅武先生，他初学英语，称之为“莱阳海带”，见之辄眉飞色舞。化成客死异乡，墓木早拱矣，思之怃然！

两做鱼

常听人说北方人不善食鱼，因为北方河流少，鱼也就不多。我认识一位蒙古贵族，除了糟溜鱼片之外，从不食鱼；清蒸鲥鱼，干烧鲫鱼，他不屑一顾，他生怕骨鲠刺喉。可是亦不尽然。不久以前我请一位广东朋友吃石门鲤鱼，居然谈笑间一根大刺横鲠在喉，喝醋吞馒头都不收效，只好到医院行手术。以后他大概只能吃“滑鱼球”了。我又有一位江西同学，他最会吃鱼，一见鱼脍上桌便不停下箸，来不及剔吐鱼刺，伸出舌头往嘴边一送，便一根根鱼刺贴在嘴角上，积满一把才用手抹去。可见食鱼之巧拙，与省籍无关，不分南北。

《诗经·陈风》：“岂其食鱼，必河之鲂？”“岂其食鱼，必河之鲤？”河就是黄河。鲂味腴美，《本草纲目》说“鲂鱼处处有之”。汉沔固盛产，黄河里也有。鲤鱼就更不必说。跳龙门的就是鲤鱼。冯谖齐人，弹铗叹食无鱼，孟尝君就给他鱼吃，大概就是黄河鲤了。

提起黄河鲤，实在是大大有名。黄河自古时常泛滥，七次改道，为一大灾害，治黄乃成历朝大事。清代置河道总督管理其事，动员人众，斥付巨资，成为大家艳羡的肥缺。从事河工者乃穷极奢侈，饮食一道自然精益求精。于是豫菜乃能于餐馆业中独树一帜。全国各地皆有鱼产，松花江的白鱼、津沽的银鱼、近海的石首鱼、松江之鲈、长江之鲥、江淮之鮰、远洋之鲳……无不佳美，难分轩轾。黄河鲤也不过是其中之一。

豫菜以开封为中心，洛阳亦差堪颉颃。到豫菜馆吃饭，柜上先敬上一碗开口汤，汤清而味美。点菜则少不得黄河鲤。一尺多长的活鱼，欢蹦乱跳，伙计当着客人面前把鱼猛掷触地，活活摔死。鱼的做法很多，我最欣赏清炸酱汁两做，一鱼两吃，十分经济。

清炸鱼说来简单，实则可以考验厨师使油的手艺。使油要懂得沸油、热油、温油的分别。有时候做一道菜，要转变油的温度。炸鱼要用猪油，炸出来色泽好，用菜油则易焦。鱼剖为两面，取其一面，在表面上斜着纵横细切而不切断。入热油炸之，不需裹面糊，可裹芡粉，炸到微黄，鱼肉一块块的裂开，看样子就引人入胜。洒上花椒盐上桌。常见有些他处的餐馆做清炸鱼，鱼的身分是无可奈何的事，只要是活鱼就可以入选了，但是刀法太不讲究，切条切块大小不一，鱼刺亦多横断，最坏的是外面裹了厚厚一层面糊。

两做鱼另一半酱汁，比较简单，整块的鱼嫩熟之后浇上酱汁即可，惟汁宜稠而不黏，咸而不甜。要洒姜末，不需别的佐料。

炝青蛤

北人不大吃带壳的软体动物，不是不吃，是不似南人之普遍嗜食。

沈括《梦溪笔谈》卷二十四："如今之北方人喜用麻油煎物，不问何物，皆用油煎。庆历中，群学士会于玉堂，使人置得生蛤蜊一篑，令饔人烹之，久且不至。客讶之，使人检视，则曰：'煎之已焦黑而尚未烂。'坐客莫不大笑。"沈括，宋时人，当时可能有过这样的一个饔人闹过这样的一个笑话。

北平山东餐馆里，有一道有名的菜"炝青蛤"。所谓青蛤，一寸来长，壳面作淡青色，平滑洁净，肉微呈黄色，在蛤类中比较最具干净相。作法简单，先在沸水中烫过，然后掰开贝壳，一个个的都仰列在盘里，撒上料酒姜末胡椒粉，即可上桌，为上好的佐酒之物。另一吃法是做"芙蓉青蛤"，所谓芙蓉就是蒸蛋羹，蒸到半熟时把剥好的青蛤肉摆在表面上，再蒸片刻即得。也有不剥蛤肉，整个青蛤带壳投在蛋里去蒸的。这种带壳蒸的办法，似嫌粗豪，但是也有人说非如此不过瘾。

青蛤在家里也可以吃，手续简单，不过在北方吃东西多按季节。春夏之交，黄鱼大头鱼上市，也就是吃蛤蜊的旺季。我记得先君在世的时候，照例要到供应水产最为丰富的东单牌楼菜市采购青蛤，一买就是满满一麻袋，足足有好几十斤，几乎一个人都提不动，运回家来供我们大嚼。先是浸蛤于水，过一昼夜而泥沙吐尽。听人说，水里若是滴上一些麻油，则泥沙吐得更快更干净。我没有试过。蛤虽味鲜，不宜多食，但是我的二姊曾有一顿吃下一百二十个青蛤的纪录。大家这样狂吃一顿，一年之内不作再吃想矣。

在台湾我没有吃到过青蛤。著名的食物“蚵仔煎”，蚵仔是台语，实即牡蛎，亦即蚝。这种东西宁波一带盛产。剥出来的肉，名为蛎黄。李时珍《本草》：“南海人，食其肉，谓之蛎黄。”其实蛎黄亦不限于南海。东北人喜欢吃的白肉酸菜火锅，即往往投入一盘蛎黄，使汤味格外鲜美。此地其他贝类，如哈蚂、蚋、海瓜子，大部分都是酱油汤子里泡着，咸滋滋的，失去鲜味不少。蚶子是南方普遍食物，人工培养蚶子的地方名为蚶田。《清一统志》：“莆田县东七十里大海上，有蚶田四百顷。”规模好大！蚶子用开水一烫，掰开加三合油加姜末就可以吃，壳里漾着血水，故名血蚶。我看见那血水，心里不舒服，再想到上海弄堂里每天清早刷马桶的人，用竹帚蚶子壳哗啦哗啦搅得震天响，看着蚶子就更不自在了。至于淡菜，一名壳菜，也是浙闽名产，晒干了之后可用以煨红烧肉，其形状很丑，像是晒干了的蝉，又有人想入非非说是像另外一种东西。总之这些贝类都不是北人所易接受的。

美国西海岸自阿拉斯加起以至南加州，海底出产一种巨大的蛤蜊，名曰geoduck，很奇怪的当地的人却读如“古异德克”，又名

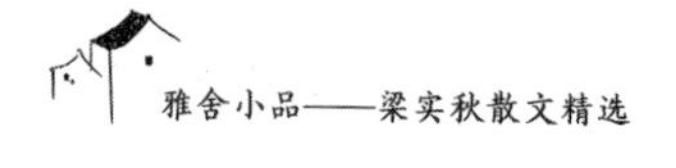

之曰蛤王（king clam）。其壳并不太大，大者长不过四五寸许，但是它的肉体有一条长长的粗粗的肉伸出壳外，略有伸缩性，但不能缩进壳里，像象鼻一般，其状不雅，长可达一尺开外，两片硬壳贴在下面形同虚设。这条长鼻肉味鲜美，可以说是美国西海岸食物中的隽品。我曾为文介绍，可是国人旅游美国西部者，搜奇选胜，却很少人尝过古异德克。知音很难，知味亦不易。我初尝异味是在西雅图高叔哿严倚云伉俪府上，这两位都精易牙之术。高先生告诉我，古异德克虽是珍品，而美国人不善处理，较高级餐馆菜单中偶然也列此一味，但是烹制出来，尽管猛加白兰地，不是韧如皮鞋底，就是味同嚼蜡。皆因西人烹调方法，不外油炸、水煮、热烤，就是缺了我们中国的"炒"。他们根本没有炒菜锅。英文中没有相当于"炒"的字，目前一般翻译都作stirfry（一面翻腾一面煎）。高先生作古异德克是用炒的方法，先把象鼻形的那根肉割下来，其余部分丢弃，用沸水一浇，外表一层粗皱的松皮就容易脱落下来了，然后切成薄片，越薄越好。旺火，沸油，爆炒，加进葱姜盐，翻动十来下，熟了，略加玉米粉，使汁稠，趁热上桌。吃起来有广东馆子"炒响螺"的味道，美。

美国人不懂这一套。风行美国各地的"蛤羹"（clam chowder）味道不错，里面的番薯牛奶面粉大概不少，稠糊糊的，很难发现其中有蛤。现在他们动起"蛤王"的脑筋来了，切碎古异德克制作蛤羹，并且装了罐头，想来风味不恶。

1986年5月7日台湾一家报纸刊出一则新闻式的广告，标题是"深海珍品鲍鱼贝——肉质鲜美好口味"。鲍鱼贝的名字起得好，即是古异德克。据说日本在1976年引进了鲍鱼贝，而且还生吃。在台湾好像尚未被老饕注意，也许是因为我们的美味种类已经太多了。

贝类之中体积最小者，当推江浙产的“黄泥螺”。这种东西我就从未见过。菁清说她从小就喜欢吃，清粥小菜经常少不了它。有一天她居然在台北一家店里瞥见了一瓶瓶的黄泥螺，像是他乡遇故知一般，扫数买了回来。以后再买就买不到了。据告这是海员偶然携来寄售的。黄泥螺小得像绿豆一般，黑不溜秋的，不起眼，里面的那块肉当然是小得可怜，而且咸得很。

生炒鳝鱼丝

鳝为我国特产。正写是鱓，鳝为俗字。一名曰䱇。《山海经·北山经》："姑灌之山，湖灌之水出焉，其中多䱇。"鳝鱼各地皆有生产，腹作黄色，故曰黄鳝，浅水泥塘以至稻田，到处都有。

鳝鱼的样子有些可怕，像蛇，像水蛇，遍体无鳞，而又浑身裹着一层黏液，滑溜溜的，因此有人怕吃它。我小时看厨师宰鳝鱼，印象深刻。鳝鱼是放在院中大水缸里的，鳝鱼一条条在水中直立，探头到水面吸空气，抓它很容易，手到擒来。因为它黏，所以要用抹布裹着它才能抓得牢。用一根大铁钉把鳝鱼头部仰着钉牢在砧板上，然后顺着它的肚皮用尖刀直划，取出脏腑，再取出脊骨，皮上黏液当然要用盐搓掉。血淋淋的一道杀宰手续，看得人心惊胆战。

《颜氏家训·归心》："江陵刘氏，以卖鳝羹为业，后生一子，头是鳝，以下方为人耳。"莲池大师放生文注："杭州湖墅于氏者，有邻家被盗，女送鳝鱼十尾，为母问安，畜瓮中，忘之矣。一夕，梦黄衣尖帽者十人，长跪乞命，觉而疑之，卜诸术人，曰：'当有生求放耳。'遍索室内，则瓮有巨鳝在焉，数之正十，大惊，放之，时万历九年事也。”信有因果之说，遂作放生之论。但是美味所在，放者自放，吃者自吃。

在北方只有河南餐馆卖鳝鱼。山东馆没有这一项。食客到山东馆子点鳝鱼，是外行。河南馆做鳝鱼，我最欣赏的是生炒鳝鱼丝。鳝鱼切丝，一两寸长，猪油旺火爆炒，加进少许芫荽，加盐，不需其他任何配料。这样炒出来的鳝鱼，肉是白的，微有脆意，极可口，不失鳝鱼本味。另一做法是黄焖鳝鱼段，切成四方块，加一大把整的蒜瓣进去，加酱油，焖烂，汁要浓。这样做出来的鳝鱼是酥软的，另有风味。

淮扬馆子也善做鳝鱼，其中“炝虎尾”一色极为佳美。把鳝鱼切成四五寸长的宽条，像老虎尾巴一样，上略宽，下尖细，如果全是截自鳝鱼尾巴，则更妙。以沸汤煮熟之后即捞起，一条条的在碗内排列整齐，浇上预先备好麻油酱油料酒的汤汁，冷却后，再撒上大量的捣碎了的蒜（不是蒜泥）。宜冷食。样子有一点吓人，但是味美。至于炒鳝糊，或加粉丝垫底名之为软兜带粉。那鳝鱼虽名为炒，却不是生炒，是煮熟之后再炒，已经十分油腻。上桌之后侍者还要手持一只又黑又脏的搪瓷碗（希望不是漱口杯），浇上一股子沸开的油，嗞啦一声，油直冒泡，然后就有热心人用筷子乱搅拌一阵，还有热心人猛撒胡椒粉。那鳝鱼当中时常羼上大量笋丝茭白丝之类，有喧宾夺主之势。遇到这种场面，就不能不令人怀念生炒鳝鱼丝了。在万华吃海鲜，有一家招牌大书生炒鳝鱼丝，实际上还是熟炒。我曾问过一家北方名馆主人，为什么不试做生炒鳝丝，他说此地没有又粗又壮的巨鳝，切不出丝。也许他说得对，在市场里是很难遇到够尺寸的黄鳝。

江浙的爆鳝过桥面，令我怀想不置。爆鳝是炸过的鳝鱼条，然后用酱油焖，加相当多的糖。这种爆鳝，非常香脆，以半碟下酒，另半碟连汁倒在面上，香极了。

听说某处有所谓全鳝席，我没有见过这种场面。想来原则上和全鸭席差不多，以各种不同的方式取胜。全鸭席我是见过的，——拌鸭掌、糟鸭片、烩鸭条、糟蒸鸭肝、烩鸭胰、黄焖鸭块、姜芽炒鸭片、烩鸭舌，最后是挂炉烧鸭。全鳝席当然也是类似的做法。这是噱头，知味者恐怕未必以为然，因为吃东西如配方：也要君臣佐使，搭配平衡。

酱菜

抗战时我和老向在后方，我调侃他说："贵地保定府可有什么名产？"他说："当然有。保定府，三宗宝，铁球、酱菜、春不老。"他并且说将来有机会必定向我献宝，让我见识见识。抗战胜利还乡，他果然实践诺言，从保定到北平来看我，携来一对铁球（北方老人喜欢放在手里揉玩的玩意儿），一篓酱菜，春不老因不是季节所以不能带。铁球且不说，那篓酱菜我起初未敢小觑，胜地名产，当有可观。油纸糊的篓子，固然简陋，然凡物不可貌相。打开一看，原来是什锦酱菜，萝卜、黄瓜、花生、杏仁都有。我捏一块放进嘴里，哇，比北平的大腌萝卜"棺材板"还咸！

北平的酱菜，妙在不太咸，同时又不太甜。粮食店的六必居，因为匾额是严嵩写的（三个大字确是写得好），格外的有号召力，多少人跑老远的路去买他的酱菜。我个人的经验是，盛名之下，其实难副。铁门也有一家酱园，名震遐迩，也没有什么特殊。倒是金鱼胡同市场对面的天义顺，离我家近，货色新鲜。

酱菜的花样虽多，要以甜酱萝卜为百吃不厌的正宗。这种萝卜，细长质美，以制酱菜恰到好处。他处的萝卜嫌水分太多，质地不够坚实，酱出来便不够脆，不禁咀嚼。可见一切名产，固有赖于手艺，实则材料更为重要。甘露，作螺蛳状，清脆可口，是别处所没有的。

有两样酱菜，特别宜于作烹调的配料。一个是酱黄瓜炒山鸡丁。过年前后，野味上市，山鸡（即雉）最受欢迎，那彩色的长尾巴就很好看。取山鸡胸肉切丁，加进酱黄瓜块大火爆炒，临起锅时再投入大量的葱块，浇上麻油拌匀。炒出来鸡肉白嫩，羼上酱黄瓜又咸又甜的滋味，是年菜中不可少的一味，要冷食。北地寒，炒一大锅，经久不坏。

另一味是酱白菜炒冬笋。这是一道热炒。北方的白菜又白又嫩。新从酱缸出来的酱白菜，切碎，炒冬笋片，别有风味，和雪里蕻炒笋、芥菜炒笋、冬菇炒笋迥乎不同。

日本的酱菜，太咸太甜，吾所不取。

水晶虾饼

虾，种类繁多。《尔雅翼》所记："闽中五色虾，长尺余，具五色。梅虾，梅雨时有之。芦虾，青色，相传芦苇所变。泥虾，稻花变成，多在泥田中。又虾姑，状如蜈蚣，一名管虾。"芦苇稻花会变虾，当然是神话。

虾不在大，大了反倒不好吃。龙虾一身铠甲，须爪戟张，样子十分威武多姿，可是剥出来的龙虾肉，只合做沙拉，其味不过尔尔。大抵咸水虾，其味不如淡水虾。

虾要吃活的，有人还喜活吃。西湖楼外楼的"炝活虾"，是在湖中用竹篓养着的，临时取出，欢蹦乱跳，剪去其须吻足尾，放在盘中，用碗盖之。食客微启碗沿，以箸挟取之，在旁边的小碗酱油麻油醋里一蘸，送到嘴边用上下牙齿一咬，像嗑瓜子一般，吮而食之。吃过把虾壳吐出，犹咕咕嚷嚷的在动。有时候嫌其过分活跃，在盘里泼进半杯烧酒，虾乃颓然醉倒。据闻有人吃活虾不慎，虾一跃而戳到喉咙里，几致丧生。生吃活虾不算稀奇，我还看见过有人生吃活螃蟹呢！

炝活虾，我无福享受。我只能吃油爆虾、盐焗虾、白灼虾。若

是嫌剥壳麻烦，就只好吃炒虾仁、烩虾仁了。说起炒虾仁，做得最好的是福建馆子，记得北平西长安街的忠信堂是北平惟一的有规模的闽菜馆，做出来的清炒虾仁不加任何配料，满满一盘虾仁，鲜明透亮，而且软中带脆。闽人善治海鲜当推独步。烩虾仁则是北平饭庄的拿手，馆子做不好。饭庄的酒席上四小碗其中一定有烩虾仁，羼一点荸荠丁，勾芡，一切恰到好处。这一炒一烩，全是靠使油及火候，灶上的手艺一点也含糊不得。

虾仁剁碎了就可以做炸虾球或水晶虾饼了。不要以为剁碎了的虾仁就可以用不新鲜的剩货充数，瞒不了知味的吃客。吃馆子的老主顾，堂倌也不敢怠慢，时常会用他的山东腔说：“二爷！甭起虾夷儿了，虾夷儿不信香。”（不用吃虾仁了，虾仁不新鲜。）堂倌和吃客合作无间。

水晶虾饼是北平锡拉胡同玉华台的杰作。和一般的炸虾球不同。一定要用白虾，通常是青虾比白虾味美，但是做水晶虾饼非白虾不可，为的是做出来颜色纯白。七分虾肉要加三分猪板油，放在一起剁碎，不要碎成泥，加上一点点芡粉，葱汁姜蓉，捏成圆球，略按成厚厚的小圆饼状，下油锅炸，要用猪油，用温油。炸出来白如凝脂，温如软玉，入口松而脆。蘸椒盐吃。

自从我知道了水晶虾饼里大量羼猪油，就不敢常去吃它。连带着对一般馆子的炸虾球，我也有戒心了。

核桃酪

玉华台的一道甜汤核桃酪也是非常叫好的。

有一年，先君带我们一家人到玉华台午饭。满满的一桌，祖孙三代。所有的拿手菜都吃过了，最后是一大钵核桃酪，色香味俱佳，大家叫绝。先慈说：“好是好，但是一天要卖出多少钵，需大量生产，所以只能做到这个样子，改天我在家里试用小锅制作，给你们尝尝。”我们听了大为雀跃。回到家里就天天泥着她做。

我母亲做核桃酪，是根据她为我祖母做杏仁茶的经验揣摩着做的。我祖母的早点，除了燕窝、哈什玛、莲子等之外，有时候也要喝杏仁茶。街上卖的杏仁茶不够标准，要我母亲亲自做。虽是只做一碗，材料和手续都不能缺少，久之也就做得熟练了。核桃酪和杏仁茶性质差不多。

核桃来自羌胡，故又名胡桃，是张骞时传到中土的，北方盛产。取现成的核桃仁一大捧，用沸水泡。司马光幼时倩人用沸水泡，以便易于脱去上面的一层皮，而谎告其姊说是自己剥的，这段故事是大家所熟悉的。开水泡过之后要大家帮忙剥皮的，虽然麻烦，数量不多，顷刻而就。在馆子里据说是用硬毛刷去刷的！核桃

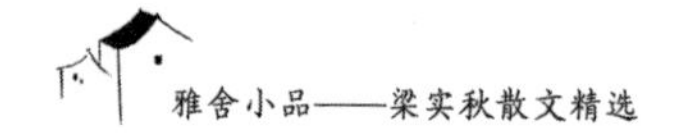

要捣碎，越碎越好。

取红枣一大捧，也要用水泡，泡到涨大的地步，然后煮，去皮，这是最烦人的一道手续。枣树在黄河两岸无处不有，而以河南灵宝所产为最佳，枣大而甜。北平买到的红枣也相当肥大，不似台湾这里中药店所卖的红枣那样瘦小。可是剥皮取枣泥还是不简单。我们用的是最简单的笨法，用小刀刮，刮出来的枣泥绝对不带碎皮。

白米小半碗，用水泡上一天一夜，然后捞出来放在捣蒜用的那种较大的缸钵里，用一根捣蒜用的棒棰（当然都要洗干净使不带蒜味，没有捣过蒜的当然更好），尽力的捣，要把米捣得很碎，随捣随加水。碎米渣滓连同汁水倒在一块纱布里，用力拧，拧出来的浓米浆留在碗里待用。

煮核桃酪的器皿最好是小薄铫。铫读如吊。《正字通》：“今釜之小而有柄有流者亦曰铫。”铫是泥沙烧成的，质料像沙锅似的，很原始，很粗陋，黑黝黝的，但是非常灵巧而有用，煮点东西不失原味，远较铜锅铁锅为优，可惜近已淘汰了。

把米浆、核桃屑、枣泥和在一起在小薄铫里煮，要守在一旁看着，防溢出。很快的就煮出了一铫子核桃酪。放进一点糖，不要太多。分盛在三四个小碗（莲子碗）里，每人所得不多，但是看那颜色，微呈紫色，枣香、核桃香扑鼻，喝到嘴里黏糊糊的、甜滋滋的，真舍不得一下子咽到喉咙里去。

铁锅蛋

北平前门外大栅栏中间路北有一个窄窄的小胡同，走进去不远就走到底，迎面是一家军衣庄，靠右手一座小门儿，上面高悬一面扎着红绸的黑底金字招牌“厚德福饭庄”。看起来真是不起眼，局促在一个小巷底，没去过的人还是不易找到。找到了之后看那门口里面黑不隆冬的，还是有些不敢进去。里面楼上楼下各有两三个雅座，另外三五个散座，那座楼梯又陡又窄，险巇难攀。可是客人一踏进二门，柜台后门的账房苑先生就会扯着大嗓门儿高呼：“看座儿！”他的嗓门儿之大是有名的，常有客人一进门就先开口：“您别喊，我带着孩子呢，小孩儿害怕。”

厚德福饭庄地方虽然逼仄，名气不小，是当时惟一老牌的河南馆子。本是烟馆，所以一直保存那些短炕，附带着卖些点心之类。后来实行烟禁，就改为饭馆了。掌柜的陈莲堂是开封人，很有一把手艺，能制道地的河南菜。时值袁世凯当国，河南人士弹冠相庆之下，厚德福的声誉因之鹊起。嗣后生意日盛，但是风水关系，老址绝不迁移，而且不换装修，一副古老简陋的样子数十年不变。为了扩充营业，先后在北平的城南游艺园、沈阳、长春、黑龙江、西安、青岛、上海、香港、重庆、北碚等处开设分号。陈掌柜手下高徒，一个个的派赴各地分号掌勺。这是厚德福的简史。

厚德福的拿手菜颇有几样，请先谈谈铁锅蛋。

吃鸡蛋的方法很多，炒鸡蛋最简单。常听人谦虚的说："我不会做菜，只会炒鸡蛋。"说这句话的人一定不会把一盘鸡蛋炒得像个样子。摊鸡蛋是把打过的蛋煎成一块圆形的饼，"烙饼卷摊鸡蛋"是北方乡下人的美食。蒸蛋羹花样繁多，可以在表面上敷一层干贝丝、虾仁、蛤蜊肉……至不济撒上一把肉松也成。厚德福的铁锅蛋是烧烤的，所以别致。当然先要置备黑铁锅一个，口大底小而相当高，铁要相当厚实。在打好的蛋里加上油盐佐料，羼一些肉末绿豌豆也可以，不可太多，然后倒在锅里放在火上连烧带烤，烤到蛋涨到锅口，作焦黄色，就可以上桌了。这道菜的妙处在于铁锅保温，上了桌还有滋滋响的滚沸声，这道理同于所谓的"铁板烧"，而保温之久犹过之。我的朋友李清悚先生对我说，他们南京人所谓"涨蛋"也是同样的好吃。我到他府上尝试过，确是不错，蛋涨得高高的起蜂窝，切成菱形块上桌，其缺憾是不能保温，稍一冷却蛋就缩塌变硬了。还是要让铁锅蛋独擅胜场。

赵太侔先生在厚德福座中一时兴起，点了铁锅蛋，从怀中掏出一元钱，令伙计出去买干奶酪（cheese），嘱咐切成碎丁羼在蛋里，要美国奶酪，不要瑞士的，因为美国的比较味淡，容易被大家接受。做出来果然气味喷香，不同凡响，从此悬为定例，每吃铁锅蛋必加奶酪。

现在我们有新式的电炉烤箱，不一定用铁锅，禁烧烤的玻璃盆（casserole）照样的可以做这道菜，不过少了铁锅那种原始粗犷的风味。

酸梅汤与糖葫芦

夏天喝酸梅汤，冬天吃糖葫芦，在北平是不分阶级人人都能享受的事。不过东西也有精粗之别。琉璃厂信远斋的酸梅汤与糖葫芦，特别考究，与其他各处或街头小贩所供应者大有不同。

徐凌霄《旧都百话》关于酸梅汤有这样的记载：

> 暑天之冰，以冰梅汤为最流行，大街小巷，干鲜果铺的门口，都可以看见“冰镇梅汤”四字的木檐横额。有的黄底黑字，甚为工致，迎风招展，好似酒家的帘子一样，使过往的热人，望梅止渴，富于吸引力。昔年京朝大老，贵客雅流，有闲工夫，常常要到琉璃厂逛逛书铺，品品古董，考考版本，消磨长昼。天热口干，辄以信远斋梅汤为解渴之需。

信远斋铺面很小，只有两间小小门面，临街是旧式玻璃门窗，拂拭得一尘不染，门楣上一块黑漆金字匾额，铺内清洁简单，道地北平式的装修。进门右手方有黑漆大木桶一，里面有一大白瓷罐，罐外周围全是碎冰，罐里是酸梅汤，所以名为冰镇，北平的冰是从什刹海或护城河挖取藏在窖内的，冰块里可以看见草皮木屑，泥沙秽物更不能免，是不能放在饮料里喝的。什刹海会贤堂的名件“冰碗”，莲蓬、桃仁、杏仁、菱角、藕都放在冰块上，食客不嫌其脏，真是不可思议。有人甚至把冰块放在酸梅汤里！信远斋的冰镇就高明多了。因为桶大罐小冰多，喝起来凉沁脾胃。他的酸梅汤的成功秘诀，是冰糖多、梅汁稠、水少，所以味浓而酽。上口冰凉，甜酸适度，含在嘴里如品纯醪，舍不得下咽。很少人能站在那里喝那一小碗而不再喝一碗的。抗战胜利还乡，我带孩子们到信远斋，我准许他们能喝多少碗都可以。他们连尽七碗方始罢休。我每次去喝，不是为解渴，是为解馋。我不知道为什么没有人动脑筋把信远斋的酸梅汤制为罐头行销各地，而一任“可口可乐”到处猖狂。

信远斋也卖酸梅卤、酸梅糕。卤冲水可以制酸梅汤，但是无论如何不能像站在那木桶旁边细啜那样有味。我自己在家也曾试做，在药铺买了乌梅，在干果铺买了大块冰糖，不惜工本，仍难如愿。信远斋掌柜姓萧，一团和气，我曾问他何以仿制不成，他回答得很妙：“请您过来喝，别自己费事了。”

信远斋也卖蜜饯、冰糖子儿、糖葫芦。以糖葫芦为最出色。北平糖葫芦分三种。一种用麦芽糖，北平话是糖稀，可以做大串山里红的糖葫芦，可以长达五尺多，这种大糖葫芦，新年厂甸卖的最多。麦芽糖裹水杏儿（没长大的绿杏），很好吃，做糖葫芦就不见佳，尤其是山里红常是烂的或是带虫子屎。另一种用白糖和了粘上去，冷了之后白汪汪的一层霜，另有风味。正宗是冰糖葫芦，薄薄一层糖，透明雪亮。材料种类甚多，诸如海棠、山药、山药豆、杏干、葡萄、橘子、荸荠、核桃，但是以山里红为正宗。山里红，即山楂，北地盛产，味酸，裹糖则极可口。一般的糖葫芦皆用半尺来长的竹签，街头小贩所售，多染尘沙，而且品质粗劣。东安市场所售较为高级。但仍以信远斋所制为最精，不用竹签，每一颗山里红或海棠均单个独立，所用之果皆硕大无疵，而且干净，放在垫了油纸的纸盒中由客携去。

离开北平就没吃过糖葫芦，实在想念。近有客自北平来，说起糖葫芦，据称在北平这种不属于任何一个阶级的食物几已绝迹。他说我们在台湾自己家里也未尝不可试做，台湾虽无山里红，其他水果种类不少，沾了冰糖汁，放在一块涂了油的玻璃板上，送入冰箱冷冻，岂不即可等着大嚼？他说他制成之后将邀我共尝，但是迄今尚无下文，不知结果如何。

煎馄饨

馄饨这个名称好古怪。宋程大昌《演繁露》：“世言馄饨，是虏中浑沌氏为之。”有此一说，未必可信。不过我们知道馄饨历史相当悠久，无分南北到处有之。

儿时，里巷中到了午后常听见有担贩大声吆喝：“馄饨——开锅！”这种馄饨挑子上的馄饨，别有风味，物美价廉。那一锅汤是骨头煮的，煮得久，所以是浑浑的、浓浓的。馄饨的皮子薄，馅极少，勉强可以吃出其中有一点点肉。但是佐料不少，葱花、芫荽、虾皮、冬菜、酱油、醋、麻油，最后洒上竹节筒里装着的黑胡椒粉。这样的馄饨在别处是吃不到的，谁有工夫去熬那么一大锅骨头汤？

北平的山东馆子差不多都卖馄饨。我家胡同口有一个同和馆，从前在当地还有一点小名，早晨就卖馄饨和羊肉馅和卤馅的小包子。馄饨做得不错，汤清味厚，还加上几小块鸡血几根豆苗。凡是饭馆没有不备一锅高汤的（英语所谓“原汤”stock），一碗馄饨舀上一勺高汤，就味道十足。后来“味之素”大行其道，谁还预备原汤？不过善品味的人，一尝便知道是不是正味。

馆子里卖的馄饨，以致美斋的为最出名。好多年前，《同治都门纪略》就有赞赏致美斋的馄饨的打油诗：

包得馄饨味胜常，
馅融春韭嚼来香，
汤清润吻休嫌淡，
咽来方知滋味长。

这是同治年间的事，虽然已过了五十年左右，饭馆的状况变化很多，但是它的馄饨仍是不同凡响，主要的原因是汤好。

可是我最激赏的是致美斋的煎馄饨，每个馄饨都包得非常俏式，薄薄的皮子挺拔舒翘，像是天主教修女的白布帽子。入油锅慢火生炸，炸黄之后再上小型蒸屉猛蒸片刻，立即带屉上桌。馄饨皮软而微韧，有异趣。

核桃腰

偶临某小馆，见菜牌上有核桃腰一味，当时一惊，因为我想起厚德福名菜之一的核桃腰。由于好奇，点来尝尝。原来是一盘炸腰花，拌上一些炸核桃仁。软炸腰花当然是很好吃的一样菜，如果炸的火候合适。炸核桃仁当然也很好吃，即使不是甜的也很可口。但是核桃仁与腰花杂放在一个盘子里则似很勉强。一软一脆，颇不调和。

厚德福的核桃腰，不是核桃与腰合一炉而冶之；这个名称只是说明这个腰子的做法与众不同，吃起来有核桃滋味或有吃核桃的感觉。腰子切成长方形的小块，要相当厚，表面上纵横划纹，下油锅炸，火候必须适当，油要热而不沸，炸到变黄，取出蘸花椒盐吃，不软不硬，咀嚼中有异感，此之谓核桃腰。

一般而论，北地餐馆不善治腰。所谓炒腰花，多半不能令人满意，往往是炒得过火而干硬，味同嚼蜡。所以有些馆子特别标明南炒腰花，南炒也常是虚有其名。炝腰片也不如一般川菜馆或湘菜馆之做得软嫩。炒虾腰本是江浙馆的名菜，能精制细做的已不多覯，其他各地餐馆仿制者则更不必论。以我个人经验，福州馆子的炒腰花最擅胜场。腰块切得大大的、厚厚的，略划纵横刀纹，做出来其嫩无比，而不带血水。勾汁也特别考究，微带甜意。我猜想，可能腰子并未过油，而是水汆，然后下锅爆炒勾汁。这完全是灶上的火候功夫。此间的闽菜馆炒腰花，往往是粗制滥造，略具规模，而不禁品尝，脱不了“匠气”。有时候以海蜇皮垫底，或用回锅的老油条垫底，当然未尝不可，究竟不如清炒。抗战期间，偶在某一位作家的岳丈郑老先生家吃饭，郑先生是福州人，司法界的前辈，雅喜烹调，他的郇厨所制腰花，做得出神入化，至善至美，一饭至今而不能忘。

芙蓉鸡片

在北平，芙蓉鸡片是东兴楼的拿手菜。请先说说东兴楼。东兴楼在东华门大街路北，名为楼其实是平房，三进又两个跨院，房子不算大，可是间架特高，简直不成比例，据说其间还有个故事。当初兴建的时候，一切木料都已购妥，原是预备建筑楼房的，经人指点，靠近皇城根儿盖楼房有窥视大内的嫌疑，罪不在小，于是利用已有的木材改造平房，间架特高了。据说东兴楼的厨师来自御膳房，所以烹调颇有一手，这已不可考。其手艺属于烟台一派，格调很高。在北京山东馆子里，东兴楼无疑的当首屈一指。

1926年夏，时昭瀛自美国回来，要设筵邀请同学一叙，央我提调，我即建议席设东兴楼。彼时燕翅席一桌不过十六元，小学教师月薪仅三十余元，昭瀛坚持要三十元一桌。我到东兴楼吃饭，顺便订席。柜上闻言一惊，曰："十六元足矣，何必多费？"我不听。开筵之日，珍错杂陈，丰美自不待言。最满意者，其酒特佳。我吩咐茶房打电话到长发叫酒，茶房说不必了，柜上已经备好。原来柜上藏有花雕埋在地下已逾十年，取出一坛，羼以新酒，斟在大口浅底的细瓷酒碗里，色泽光润，醇香扑鼻，生平品酒此为第一。似此佳

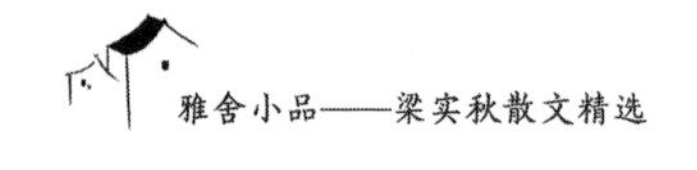

酿，酒店所无。而其开价并不特昂，专为留待佳宾。当年北京大馆风范如此。预宴者吴文藻、谢冰心、瞿菊农、谢奋程、孙国华等。

北京饭馆跑堂都是训练有素的老手。剥蒜剥葱剥虾仁的小利巴，熬到独当一面的跑堂，至少要到三十岁左右的光景。对待客人，亲切周到而有分寸。在这一方面东兴楼规矩特严。我幼时侍先君饮于东兴楼，因上菜稍慢，我用牙箸在盘碗的沿上轻轻敲了叮当两响，先君急止我曰："千万不可敲盘碗作响，这是外乡客粗卤的表现。你可以高声喊人，但是敲盘碗表示你要掀桌子。在这里，若是被柜上听到，就会立刻有人出面赔不是，而且那位当值的跑堂就要卷铺盖，真个的卷铺盖，有人把门帘高高掀起，让你亲见那个跑堂扛着铺盖卷儿从你门前急驰而过。不过这是表演性质，等一下他会从后门又转回来的。"跑堂待客要殷勤，客也要有相当的风度。

现在说到芙蓉鸡片。芙蓉大概是蛋白的意思，原因不明，"芙蓉虾仁"、"芙蓉干贝"、"芙蓉青蛤"皆曰芙蓉，料想是忌讳蛋字。取鸡胸肉，细切细斩，使成泥。然后以蛋白搅和之，搅到融和成为一体，略无渣滓，入温油锅中摊成一片片状。片要大而薄，薄而不碎，熟而不焦。起锅时加嫩豆苗数茎，取其翠绿之色以为点缀。如洒上数滴鸡油，亦甚佳妙。制作过程简单，但是在火候上恰到好处则见功夫。东兴楼的菜概用中小盘，菜仅盖满碟心，与湘菜馆之长箸大盘迥异其趣。或病其量过小，殊不知美食者不必是饕餮客。

抗战期间，东兴楼被日寇盘据为队部。胜利后我返回故都，据闻东兴楼移帅府园营业，访问之后大失所望。盖已名存实亡，无复当年手艺。菜用大盘，粗劣庸俗。

蟹

蟹是美味，人人喜爱，无间南北，不分雅俗。当然我说的是河蟹，不是海蟹。在台湾有人专诚飞到香港去吃大闸蟹。好多年前我的一位朋友从香港带回了一篓螃蟹，分飨了我两只，得膏馋吻。蟹不一定要大闸的，秋高气爽的时节，大陆上任何湖沼溪流，岸边稻米高粱一熟，率多盛产螃蟹。在北平，在上海，小贩担着螃蟹满街吆唤。

七尖八团，七月里吃尖脐（雄），八月里吃团脐（雌），那是蟹正肥的季节。记得小时候在北平，每逢到了这个季节，家里总要大吃几顿，每人两只，一尖一团。照例通知长发送五斤花雕全家共饮。有蟹无酒，那是大煞风景的事。《晋书·毕卓传》："右手持酒杯，左手持蟹螯，拍浮酒船中，便足了一生矣！"我们虽然没有那样狂，也很觉得乐陶陶了。母亲对我们说，她小时候在杭州家里吃螃蟹，要慢条斯理，细吹细打，一点蟹肉都不能糟蹋，食毕要把破碎的蟹壳放在戥子上称一下，看谁的一份儿分量轻，表示吃得最干净，有奖。我心粗气浮，没有耐心，蟹的小腿部分总是弃而不食，肚子部分囫囵略咬而已。每次食毕，母亲教我们到后院采择艾尖一大把，搓碎了洗手，去腥气。

在餐馆里吃“炒蟹肉”，南人称炒蟹粉，有肉有黄，免得自己剥壳，吃起来痛快，味道就差多了。西餐馆把蟹肉剥出来，填在蟹匡里（蟹匡即蟹壳）烤，那种吃法别致，也索然寡味。食蟹而不失原味的惟一方法是放在笼屉里整只的蒸。在北平吃螃蟹惟一好去处是前门外肉市正阳楼。他家的蟹特大而肥，从天津运到北平的大批蟹，到车站开包，正阳楼先下手挑捡其中最肥大者，比普通摆在市场或担贩手中者可以大一倍有余，我不知道他是怎样获得这一特权的。蟹到店中蓄在大缸里，浇鸡蛋白催肥，一两天后才应客。我曾掀开缸盖看过，满缸的蛋白泡沫。食客每人一份小木槌小木垫，黄杨木制，旋床子定制的，小巧合用，敲敲打打，可免牙咬手剥之劳。我们因为是老主顾，伙计送了我们好几副这样的工具。这个伙计还有一个绝招，能吃活蟹，请他表演他也不辞。他取来一只活蟹，两指掐住蟹匡，任它双螯乱舞，轻轻把脐掰开，咔嚓一声把蟹壳揭开，然后扯碎入口大嚼。看得人无不心惊。据他说味极美，想来也和吃炝活虾差不多。在正阳楼吃蟹，每客一尖一团足矣，然后补上一碟烤羊肉夹烧饼而食之，酒足饭饱。别忘了要一碗氽大甲，这碗汤妙趣无穷，高汤一碗煮沸，投下剥好了的蟹螯七八块，立即起锅注在碗内，洒上芫荽末、胡椒粉，和切碎了的回锅老油条。除了这一味氽大甲，没有任何别的羹汤可以压得住这一餐饭的阵脚。以蒸蟹始，以大甲汤终。前后照应，犹如一篇起承转合的文章。

蟹黄蟹肉有许多种吃法，烧白菜、烧鱼唇、烧鱼翅，都可以。蟹黄烧卖则尤其可口，惟必须真有蟹黄蟹肉放在馅内才好，不是一两小块蟹黄摆在外面做样子的。蟹肉可以腌后收藏起来，是为蟹胥，俗名为蟹酱，这是我们古已有之的美味。《周礼·天官·庖人》注："青州之蟹胥。"青州在山东，我在山东住过，却不曾吃过青州蟹胥，但是我有一位家在芜湖的同学，他从家乡带了一小坛蟹酱给我。打开坛子，黄澄澄的蟹油一层，香气扑鼻。一碗阳春面，加进一两匙蟹酱，岂只是"清水变鸡汤"？

海蟹虽然味较差，但是个子粗大，肉多。从前我乘船路过烟台威海卫，停泊之后，舢板云集，大半是贩卖螃蟹和大虾的。都是煮熟了的。价钱便宜，买来就可以吃。虽然微有腥气，聊胜于无。生平吃海蟹最满意的一次，是在美国华盛顿州的安哲利斯港的码头附近，买得两只巨蟹，硕大无朋，从冰柜里取出，却十分新鲜，也是煮熟了的，一家人乘等候轮渡之便，在车上分而食之，味甚鲜美，和河蟹相比各有千秋，这一次的享受至今难忘。

陆放翁诗："磊落金盘荐糖蟹。"我不知道螃蟹可以加糖。可是古人记载确有其事。《清异录》："炀帝幸江州，吴中贡糖蟹。"《梦溪笔谈》："大业中，吴郡贡蜜蟹二千头。……又何胤嗜糖蟹。大抵南人嗜咸，北人嗜甘，鱼蟹加糖蜜，盖便于北俗也。"如今北人没有这种风俗，至少我没有吃过甜螃蟹，我只吃过南人的醉蟹，真咸！螃蟹蘸姜醋，是标准的吃法，常有人在醋里加糖，变成酸甜的味道，怪！

佛跳墙

佛跳墙的名字好怪。何物美味竟能引得我佛失去定力跳过墙去品尝？我来台湾以前没听说过这一道菜。

《读者文摘》（1983年7月中文版）引载可叵的一篇短文《佛跳墙》，据她说佛跳墙“那东西说来真罪过，全是荤的，又是猪脚，又是鸡，又是海参、蹄筋，炖成一大锅。……这全是广告噱头，说什么这道菜太香了，香得连佛都跳墙去偷吃了。”我相信她的话，是广告噱头，不过佛都跳墙，我也一直的跃跃欲试。

同一年3月7日《青年战士报》有一位郑木金先生写过一篇《油画家杨三郎祖传菜名闻艺坛——佛跳墙耐人寻味》，他大致说：“传自福州的佛跳墙……在台北各大餐馆正宗的佛跳墙已经品尝不到了。……偶尔在一般乡间家庭的喜筵里也会出现此道台湾名菜，大都以芋头、鱼皮、排骨、金针菇为主要配料。其实源自福州的佛跳墙，配料极其珍贵。杨太太许玉燕花了十多天闲工夫才能做成的这道菜，有海参、猪蹄筋、红枣、鱼刺、鱼皮、栗子、香菇、蹄髈筋肉等十种昂贵的配料，先熬鸡汁，再将去肉的鸡汁和这些配料予以慢工出细活的好几遍煮法，前后计时将近两星期……已不再是原有的各种不同味道，而合为一味。香醇甘美，齿颊留香，两三天仍回味无穷。”这样说来，佛跳墙好像就是一锅煮得稀巴烂的高级大杂烩了。

北方流行的一个笑话，出家人吃斋茹素，也有老和尚忍耐不住想吃荤腥，暗中买了猪肉运入僧房，乘大众入睡之后，纳肉于釜中，取佛堂燃剩之蜡烛头一罐，轮番点燃蜡烛头于釜下烧之。恐香气外溢，乃密封其釜使不透气。一罐蜡烛头于一夜之间烧光，细火久焖，而釜中之肉烂矣，而且酥软味腴，迥异寻常。戏名之为“蜡头炖肉”。这当然是笑话，但是有理。

我没有方外的朋友，也没吃过蜡头炖肉，但是我吃过“坛子肉”。坛子就是瓦钵，有盖，平常做储食物之用。坛子不需大，高半尺以内最宜。肉及佐料放在坛子里，不需加水，密封坛盖，文火慢炖，稍加冰糖。抗战时在四川，冬日取暖多用炭盆，亦颇适于做坛子肉，以坛置定盆中，烧一大盆缸炭，坐坛子于炭火中而以灰覆炭，使徐徐燃烧，约十小时后炭未尽成烬而坛子肉熟矣。纯用精肉，佐以葱姜，取其不失本味，如加配料以笋为最宜，因为笋不夺味。

“东坡肉”无人不知。究竟怎样才算是正宗的东坡肉，则去古已远，很难说了。幸而东坡有一篇《猪肉颂》：

净洗铛，少着水，

柴头灶烟焰不起。

待他自熟莫催他，

火候足时他自美。

黄州好猪肉，价钱如泥土，

贵者不肯食，贫者不解煮。

早晨起来打两碗，

饱得自家君莫管。

看他的说法，是晚上煮了第二天早晨吃，无他秘诀，小火慢煨而已。也是循蜡头炖肉的原理。就是坛子肉的别名吧？

一日，唐嗣尧先生招余夫妇饮于其巷口一餐馆，云其佛跳墙值得一尝，乃欣然往。小罐上桌，揭开罐盖热气腾腾，肉香触鼻。是否及得杨三郎先生家的佳制固不敢说，但亦颇使老饕满意。可惜该餐馆不久歇业了。

我不是远庖厨的君子，但是最怕做红烧肉，因为我性急而健忘，十次烧肉九次烧焦，不但糟蹋了肉，而且烧毁了锅，满屋浓烟，邻人以为是失了火。近有所谓电慢锅者，利用微弱电力，可以长时间的煨煮肉类，对于老而且懒又没有记性的人颇为有用，曾试烹近似佛跳墙一类的红烧肉，很成功。

栗子

栗子以良乡的为最有名。良乡县在河北，北平的西南方，平汉铁路线上。其地盛产栗子。然栗树北方到处皆有，固不必限于良乡。

我家住在北平大取灯胡同的时候，小园中亦有栗树一株，初仅丈许，不数年高二丈以上，结实累累。果苞若刺猬，若老鸡头，遍体芒刺，内含栗两三颗。熟时不摘取则自行坠落，苞破而栗出。捣碎果苞取栗，有浆液外流，可做染料。后来我在崂山上看见过巨大的栗子树，高三丈以上，果苞落下狼藉满地，无人理会。

在北平，每年秋节过后，大街上几乎每一家干果子铺门外都支起一个大铁锅，翘起短短的一截烟囱，一个小利巴挥动大铁铲，翻炒栗子。不是干炒，是用沙炒，加上糖使沙结成大大小小的粒，所以叫作糖炒栗子。烟煤的黑烟扩散，哗啦哗啦的翻炒声，间或有栗子的爆炸声，织成一片好热闹的晚秋初冬的景致。孩子们没有不爱吃栗子的，几个铜板买一包，草纸包起，用麻茎儿捆上，热呼呼的，有时简直是烫手热，拿回家去一时舍不得吃完，藏在被窝垛里保温。

煮咸水栗子是另一种吃法。在栗子上切十字形裂口，在锅里煮，加盐。栗子是甜滋滋的，加上咸，别有风味。煮时不妨加些八角之类的香料。冷食热食均佳。

但是最妙的是以栗子做点心。北平西车站食堂是有名的西餐馆。所制“奶油栗子面儿”或称“奶油栗子粉”实在是一绝。栗子磨成粉，就好像花生粉一样，干松松的，上面浇大量奶油。所谓奶油就是打搅过的奶油（whipped cream）。用小勺取食，味妙无穷。奶油要新鲜，打搅要适度，打得不够稠固然不好吃，打过了头却又稀释了。东安市场的中兴茶楼和国强西点铺后来也仿制，工料不够水准，稍形逊色。北海仿膳之栗子面小窝头，我吃不出栗子味。

杭州西湖烟霞岭下翁家山的桂花是出名的，尤其是满家弄，不但桂花特别的香，而且桂花盛时栗子正熟，桂花煮栗子成了路边小店的无上佳品。徐志摩告诉我，每值秋后必去访桂，吃一碗煮栗子，认为是一大享受。有一年他去了，桂花被雨摧残净尽，他感而写了一首诗《这年头活着不易》。

十几年前在西雅图海滨市场闲逛，出得门来忽闻异香，遥见一意大利人推小车卖炒栗。论个卖——五角钱一个，我们一家六口就买了六颗，坐在车里分而尝之。如今我们这里到冬天也有小贩卖“良乡栗子”了。韩国进口的栗子大而无当，并且糊皮，不足取。

满汉细点

北平的点心店叫作饽饽铺。都有一座细木雕花的门脸儿，吊着几个木牌，上面写着“满汉细点”什么的。可是饽饽都藏在里面几个大盒子大柜子里，并不展示在外，而且也没有什么货品价格表之类的东西。进得铺内，只觉得干干净净，空空洞洞，香味扑鼻。

满汉细点，究竟何者为满何者为汉，现已分辨不清。至少从名称看来，“萨其玛”该是满洲点心。我请教过满洲旗人，据告萨其玛是满文的蜜甜之意，我想大概是的。这东西是油炸黄米面条，像蜜供似的，但是很细很细，加上蜜拌匀，压成扁扁的一大块，上面撒上白糖和染红了的白糖，再加上一层青丝红丝，然后切成方形的块块。很甜，很软和，但是很好吃。如今全国各处无不制售萨其玛，块头太大太厚，面条太粗太硬，蜜太少，名存实亡，全不对劲。

蜂糕也是北平特产，有黄白两种，味道是一样的。是用糯米粉调制蒸成，呈微细蜂窝状，故名。质极松软，微黏，与甜面包大异其趣。内羼少许核桃仁，外裹以薄薄的豆腐皮以防粘着蒸器。蒸热再吃尤妙，最宜病后。

花糕月饼是秋季应时食品。北方的翻毛月饼，并不优于江南的月饼，更与广式月饼不能相比，不过其中有一种山楂馅的翻毛月饼，薄薄的小小的，我认为风味很好，别处所无。大抵月饼不宜过甜，不宜太厚，山楂馅带有酸味，故不觉其腻。至于花糕，则是北平独有之美点，在秋季始有发售，有粗细两品，有荤素两味。主要的是两片枣泥馅的饼，用模子制成，两片之间夹列胡桃、红枣、松子、缩葡之类的干果，上面盖一个红戳子，贴几片芫荽叶。清李静山《都门汇纂》里有这样一首竹枝词：

中秋才过近重阳，
又见花糕各处忙。
面夹双层多枣栗，
当筵题句傲刘郎。

一般饽饽铺服务周到。我家小园有一架紫藤，花开累累，满树满枝，乃摘少许，洗净，送交饽饽铺代制藤罗饼，鲜花新制，味自不同。又红玫瑰初放（西洋品种肥大而艳，但少香气），亦常摘取花瓣，送交肆中代制玫瑰饼，气味浓馥，不比寻常。

说良心话，北平饼饵除上述几种之外很少令人怀念的。有人艳称北平的“大八件”“小八件”，实在令人难以苟同。所谓大八件无非是油糕、蓼花、大自来红、自来白等等，小八件不外是鸡油饼、卷酥、绿豆糕、槽糕之类。自来红自来白乃是中秋上供的月饼，馅子里面有些冰糖，硬邦邦的，大概只宜于给兔爷儿吃。蓼花甜死人！绿豆糕噎死人！大八件小八件如果装在盘子里，那盒子也吓人，活像一口小棺材，而木板尚未刨光。若是打个蒲包，就好看得多。

有所谓“缸捞”者，有人写作“干酪”，我不知究竟怎样写法。是圆饼子，中央微凸，边微薄，无馅，上面常撒上几许桂花，故称桂花缸捞。探视妇人产后，常携此为馈赠。此物松软合度，味道颇佳，我一向喜欢吃，后来听一位在外乡开点心铺的亲戚说，此物乃是聚集簸箩里的各种饽饽碎渣加水揉和再行烘制而成。然物美价廉不失为一种好的食品。“薄脆”也不错，又薄又脆。都算是平民食物。

“茯苓饼”其实没有什么好吃，沾光茯苓二字。《淮南子》：“千年之松，下有茯苓。”是一种地下菌，生在山林中松根之下。李时珍说：“盖松之神，灵之气，伏结而成。”无端给它加上神灵色彩。于是乃入药，大概吃了许有什么神奇之效。北平前门大街正明斋所制茯苓饼最负盛名，从前北人南游常携此物馈赠亲友。直到如今，有人从北平出来还带一盒茯苓饼给我，早已脆碎坚硬不堪入口。即使是新鲜的，也不过是飞薄的两片米粉糊烘成的饼，夹以黑糊糊的一些碎糖黑渣而已。

满洲饽饽还有一品叫作“桌张”，俗称饽饽桌子，是丧事人家常用的祭礼。半生不熟的白面饼子，稍加一些糖，堆积起来一层层的有好几尺高，放在灵前供台上的两旁。凡是本家姑奶奶之类的亲属没有不送饽饽桌子的，可壮观瞻，不堪食用。丧事过后，弃之可惜，照例分送亲友以及佣人小孩。我小时候遇见几次丧事，分到过

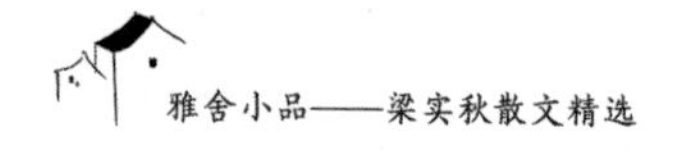

十个八个这样的饽饽，童子无知，称之为“死人饽饽”，放在火炉口边烤熟，啃起来也还不错，比根本没有东西吃好一些。清人得硕亭竹枝词《草珠一串》有一首咏其事：

满洲糕点样原繁，
踵事增华不可言。
惟有桌张遗旧制，
几同告朔饩羊存。

糟蒸鸭肝

糟就是酒滓，凡是酿酒的地方都有酒糟。《楚辞·渔父》："何不哺其糟而歠其醨？"可见自古以来酒糟就是可以吃的。我们在摊子上吃的醪糟蛋（醪音捞）。醪糟乃是我们人人都会做的甜酒酿，还不是我们所谓的糟。说也奇怪，我们台湾盛产名酒，想买一点糟还不太容易。只有到山东馆子吃糟溜鱼片才得一尝糟味，但是有时候那糟还不是真的，不过是甜酒酿而已。

糟的吃法很多。糟溜鱼片固然好，糟鸭片也是绝妙的一色冷荤，在此地还不曾见过，主要原因是鸭不够肥嫩。北平东兴楼或致美斋的糟鸭片，切成大薄片，有肥有瘦有皮有肉，是下酒的好菜。《儒林外史》第十四回马二先生看见酒店柜台上盛着糟鸭，"没有钱买了吃，喉咙里咽唾沫"。所说的糟鸭是刚出锅的滚热的，和我所说的冷盘糟鸭片风味不同。下酒还是冷的好。稻香村的糟鸭蛋也很可口，都是靠了那一股糟味。

福州馆子所做红糟的菜是有名的。所谓红糟乃是红曲，另是一种东西。是粳米做成饭，拌以曲母，令其发热，冷却后洒水再令其发热，往复几次即成红曲。红糟肉、红糟鱼，均是美味，但没有酒糟香。

现在所要谈到的糟蒸鸭肝是山东馆子的拿手，而以北平东兴楼的为最出色。东兴楼的菜出名的分量少，小盘小碗，但是精，不能供大嚼，只好细品尝。所做糟蒸鸭肝，精选上好鸭肝，大小合度，剔洗干净，以酒糟蒸熟。妙在汤不浑浊而味浓，而且色泽鲜美。

有一回梁寒操先生招饮于悦宾楼，据告这是于右老喜欢前去小酌的地方，而且以糟蒸鸭肝为其隽品之一。尝试之下，果然名不虚传，惟稍嫌粗，肝太大则质地容易沙硬。在这地方能吃到这样的菜，难得可贵。

莲子

有莲花的地方就有莲子。莲子就是莲实，又称莲的或莲菂。《古乐府·子夜夏歌》：“乘月采芙蓉，夜夜得莲子。”

我小时候，每到夏季必侍先君游十刹海。荷塘十里，游人如织。傍晚辄饭于会贤堂。入座后必先进大冰碗，冰块上敷以鲜藕、菱角、桃仁、杏仁、莲子之属。饭后还要擎着几枝荷花莲蓬回家。剥莲蓬甚为好玩，剥出的莲实有好几层皮，去硬皮还有软皮，最后还要剔出莲心，然后才能入口。有一股清香沁人脾胃。胡同里也有小贩吆喝着卖莲蓬的，但是那个季节很短。

到台湾好多年，偶然看到荷花池里的莲蓬，却绝少机会吃到新鲜莲子。糖莲子倒是有得吃，中医教我每日含食十枚，有生津健胃之效，后因糖尿病发，糖莲子也只好停食了。

一般酒席上偶然有莲子羹，稀汤洸水一大碗，碗底可以捞上几颗莲子，有时候还夹杂着一些白木耳，三两颗红樱桃。从前吃莲子羹，用专用的小巧的莲子碗，小银羹匙。我祖母常以小碗莲子为早点，有专人伺候，用沙薄铫儿煮，不能用金属锅。煮出来的莲子硬是漂亮。小锅饭和大锅饭不同。

考究一点的酒席常用一道“蜜汁莲子”来代替八宝饭什么的甜食。如果做得好，是很受欢迎的。莲子先用水浸，然后煮熟，放在碗里再用大火蒸，蒸到酥软趴烂近似番薯泥的程度，翻扣在一个大盘里，浇上滚热的蜜汁，表面上加几块山楂糕更好。冰糖汁也行，不及蜜汁香。

莲子品质不同，相差很多。有些莲子格格生生，怎样煮也不烂，是为下品。有些莲子一煮就烂，但是颜色不对，据说是经过处理的，下过苏打什么的，内行人一吃就能分辨出来。大家公认湖南的莲子最好，号称湘莲。我有一年在重庆的“味腴”宴客，在座的有杨绵仲先生，他是湘潭人，风流潇洒，也很会吃。席中有一道蜜汁莲子，很够标准。莲子短粗，白白净净，而且酥软异常。绵仲吃了一匙就说：“这一定是湘莲。”有人说：“那倒也未必。”绵仲不悦，唤了堂倌过来，问：“这莲子是哪里来的？”那傻不愣登的堂倌说：“是莲蓬里剥出来的。”众大笑。绵仲红头涨脸的又问：“你是哪里来的？”他说：“我是本地人。”众又哄堂。

黄鱼

黄鱼，或黄花鱼，正式名称是石首鱼，因为头里有两块骨头其硬如石。我国近海皆有产，金门澎湖一带的尤其肥大，几乎四季不绝。《本草·集解·志》曰："石首鱼出水能鸣，夜视有光，头中有石，如棋子。一种野鸭头中有石，云是此鱼所化。"这是胡扯。黄鱼怎会变野鸭?

黄鱼有一定的汛季，在平津一带，春夏之交是黄鱼上市的时候。到这时候，几乎家家都大吃黄鱼。我家的习惯，是焖煮黄鱼一大锅，加入一些肉片，无数的整颗的大蒜瓣，加酱油，这时节正是我们后院一棵花椒树发芽抽叶的当儿，于是大量采摘花椒芽，投入锅里一起煮。不分老幼，每人分得两尾，各个吃得笑逐颜开。同时必定备有烙饼，撕碎了蘸着鱼汤吃，美不可言。在台湾随时有黄鱼吃，但是那鲜花椒芽哪里去找？黄鱼汤里煮过的蒜瓣花椒芽都特别好吃。

北平胡同里卖猪头肉的小贩，口里吆唤着"面筋哟"！他斜背着的红漆木盒里却是猪肠肝肚猪头肉，而你喊他的时候必须是："卖熏鱼儿的！"因为有时候他确是有熏黄鱼卖。五六寸长的小黄鱼，插在竹签子上，熏得黄黄的，香味扑鼻。因为黄鱼季节短，一年中难得吃到几次这样的熏黄鱼。

黄鱼晒干了就是白鲞。黄鱼的鳔晒干就是所谓“鱼肚”。鱼肚在温油锅里慢慢发开，在凉水里浸，松泡如海绵状，“蟹黄烧鱼肚”是一道名肴。可惜餐馆时常以假乱真，用炸猪肉皮冒充鱼肚，行家很容易分辨。

馆子里做黄鱼，最令我难忘的是北平前门外杨梅竹斜街春华楼所做的松鼠黄鱼。春华楼是比较晚起的江浙馆，我在二十年代期间常去小酌，那地方有一特色，每间雅座都布满张大千的画作。饭前饭后可以赏画。松鼠黄鱼是取尺许黄鱼一尾，去头去尾复抽出其脊骨。黄鱼本来刺不多，抽掉脊骨便完全是肉了。把鱼扭成麻花形，裹上鸡蛋面糊，下油锅炸，取出浇汁，弯曲之状真有几分像是松鼠。以后在别处吃到的松鼠黄鱼，多半不像松鼠，而且浇上糖醋汁，大为离谱。

此地前些年奎元馆以杭州的黄鱼面为号召，品尝之余大失所望。碗中不见黄鱼。

八宝饭

席终一道甜菜八宝饭通常是广受欢迎的，不过够标准的不多见。其实做法简单，只有一个秘诀——不惜工本。

八宝饭主要的是糯米，糯米要烂，越烂越好，而糯米不易蒸烂。所以事先要把糯米煮过，至少要煮成八分烂。这是最关重要的一点。

所谓八宝并没有一定。莲子是不可少的。莲子也不易烂，有的莲子永远烂不了，所以要选容易烂的莲子，也要事先煮得八分烂。莲子不妨多。

桂圆肉不可或缺。台湾盛产桂圆，且有剥好了的桂圆肉可买。

美国的葡萄干，白的红的都可以用，兼备二种更好。

银杏，即白果，剥了皮，煮一下，去其苦味。

红枣可以用，不宜多，因为带皮带核，吐起来麻烦。美国的干李子（prune），黑黑大大的，不妨用几个。

豆沙一大碗当然要早做好。

如果有红丝青丝，作装饰也不错。

以上配料预备好，取较浅的大碗一，抹上一层油，防其粘碗。

把莲子桂圆肉等一圈圈的铺在碗底，或一瓣瓣的铺在碗底，然后轻轻的放进糯米，再填入豆沙，填得平平的一大碗，上笼去蒸。蒸的时间不妨长，使碗里的东西充分松软膨胀，凝为一体。上桌的时候，取大盘一，把碗里的东西翻扣在大盘里，浇上稀释的冰糖汁，表面上再放几颗罐头的红樱桃，就更好看了。

八宝饭是甜点心，但不宜太甜，所以豆沙里糯米里不宜加糖太多。豆沙糯米里可以拌上一点猪油，但不宜多，多了太腻。

从前八宝饭上桌，先端上两小碗白水，供大家洗匙，实在恶劣。现在多是每人一份小碗小匙，体面得多。如果大盘八宝饭再备两个大羹匙，大家共用，就更好了。有人喜欢在取食之前先把八宝饭搅和一阵，像是拌搅水泥一般，也大可不必。若是舍大匙而不用，用小匙直接取食，再把小匙直接放在口里舔，那一副吃相就令人不敢恭维了。

鱼丸

初到台湾，见推车小贩卖鱼丸，现煮现卖，热腾腾的。一碗两颗，相当大。一口咬下去，不大对劲，相当结实。丸与汤的颜色是混浊的，微呈灰色，但是滋味不错。

我母亲是杭州人，善做南方口味的菜，但不肯轻易下厨，若是偶然操动刀俎，也是在里面小跨院露天升起小火炉自设锅灶。每逢我父亲一时高兴从东单菜市买来一条欢蹦乱跳的活鱼，必定亲手交给母亲，说："特烦处理一下。"就好像是绅商特烦名角上演似的。母亲一看是条一尺开外的大活鱼，眉头一皱，只好勉为其难，因为杀鱼不是一件愉快的事。母亲说，这鱼太活了，宜于做鱼丸。但是不忍心下手宰它。我二姊说："我来杀。"屋里拿出一根门闩。鱼在石几上躺着，一杠子打下去未中要害，鱼是滑的，打了一个挺，跃起一丈多高，落在房檐上了。于是大家笑成一团，搬梯子，上房，捉到鱼便从房上直摔下来，摔了个半死，这才从容开膛清洗。幼时这一幕闹剧印象太深，一提起鱼丸就回忆起来。

做鱼丸的鱼必须是活鱼，选肉厚而刺少的鱼。像花鲢就很好，我母亲叫它做厚鱼，又叫它做纹鱼，不知这是不是方言。剖鱼为两片，先取一片钉其头部于木墩之上，用刀徐徐斜着刃刮其肉，肉乃成泥状，不时的从刀刃上抹下来置碗中。两片都刮完，差不多有一碗鱼肉泥。加少许盐，少许水，挤姜汁于其中，用几根竹筷打，打得越久越好，打成糊状。不需要加蛋白，鱼不活才加蛋白。下一步骤是煮一锅开水，移锅止沸，急速用羹匙舀鱼泥，用手一抹，入水成丸，丸不会成圆球形，因为无法搓得圆。连成数丸，移锅使沸，俟鱼丸变色即是八九分熟，捞出置碗内。再继续制作。手法要快，沸水要控制得宜，否则鱼泥有入水涣散不可收拾之虞。煮鱼丸的汤本身即很鲜美，不需高汤。将做好的鱼丸倾入汤内煮沸，撒上一些葱花或嫩豆苗，即可盛在大碗内上桌。当然鱼丸也可红烧，究不如清汤本色，这样做出的鱼丸嫩得像豆腐。

湖北是鱼产丰饶的地方。抗战时我在汉口停留过一阵，听说有个鮰鱼大王，能做鮰鱼全席，我不曾见识。不过他家的鮰鱼面吃过一碗，确属不凡。十几年前，友人高鸿缙先生，他是湖北人，以其夫人亲制鱼丸见贻，连鱼丸带汤带锅，滚烫滚烫的，喷香喷香的，我连吃了三天，齿颊留芬。如今高先生早已作古，空余旧事萦绕心头！

粥

我不爱吃粥。小时候一生病就被迫喝粥。因此非常怕生病。平素早点总是烧饼、油条、馒头、包子，非干物生噎不饱。抗战时在外作客，偶寓友人家，早餐是一锅稀饭，四色小菜大家分享。一小块酱豆腐在碟子中央孤立，一小撮花生米疏疏落落的撒在盘子中，一根油条斩做许多碎块堆在碟中成一小丘，一个完整的皮蛋在酱油碟里晃来晃去。不能说是不丰盛，但是干噎惯了的人就觉得委屈，如果不算是虐待。

也有例外。我母亲若是亲自熬一小薄铫儿的粥，分半碗给我吃，我甘之如饴。薄铫（音吊）儿即是有柄有盖的小沙锅，最多能煮两小碗粥，在小白炉子的火口边上煮。不用剩饭煮，用生米淘净慢煨。水一次加足，不半途添水。始终不加搅和，任它翻滚。这样煮出来的粥，粘和，烂，而颗颗米粒是完整的，香。再佐以笋尖火腿糟豆腐之类，其味甚佳。

一说起粥，就不免想起从前北方的粥厂，那是慈善机关或好心人士施舍救济的地方。每逢冬天就有不少鹑衣百结的人排队领粥。“饘粥不继”就是形容连粥都没得喝的人。“饘”是稠粥，粥指稀粥。喝粥暂时装满肚皮，不能经久。喝粥聊胜于喝西北风。

不过我们也必须承认，某些粥还是蛮好喝的。北方人家熬粥熟，有时加上大把的白菜心，俟菜烂再撒上一些盐和麻油，别有风味。名为“菜粥”。若是粥煮好后取嫩荷叶洗净铺在粥上，粥变成淡淡的绿色，有一股荷叶的清香渗入粥内，是为“荷叶粥”。从前北平有所谓粥铺，清晨卖“甜浆粥”，是用一种碎米熬成的稀米汤，有一种奇特的风味，佐以特制的螺丝转儿炸麻花儿，是很别致的平民化早点，但是不知何故被淘汰了。还有所谓大麦粥，是沿街叫卖的平民食物，有异香，也不见了。

台湾消夜所谓“清粥小菜”，粥里经常羼有红薯，味亦不恶。小菜真正是小盘小碗，荤素俱备。白日正餐大鱼大肉，消夜啜粥甚宜。

腊八粥是粥类中的综艺节目。北平雍和宫煮腊八粥，据《旧京风俗志》，是由内务府主办，惊师动众，这一顿粥要耗十万两银子！煮好先恭呈御用，然后分别赏赐王公大臣，这不是喝粥，这是招摇。然而煮腊八粥的风俗深入民间至今弗辍。我小时候喝腊八粥是一件大事。午夜才过，我的二舅爹爹（我父亲的二舅父）就开始作业，搬出擦得锃光大亮的大小铜锅两个，大的高一尺开外，口径约一尺。然后把预先分别泡过的五谷杂粮如小米、红豆、老鸡头、薏仁米，以及粥果如白果、栗子、胡桃、红枣、桂圆肉之类，开始熬煮，不住的用长柄大勺搅动，防粘锅底。两锅内容不太一样，大的粗糙些，小的细致些，以粥果多少为别。此外尚有额外精致粥果另装一盘，如瓜子仁、杏仁、葡萄干、红丝青丝、松子、蜜饯之类，准备临时放在粥面上的。等到腊八早晨，每人一大碗，尽量加红糖，稀里呼噜的喝个尽兴。家家熬粥，家家送粥给亲友，东一碗来，西一碗去，真是多此一举。剩下的粥，倒在大绿釉瓦盆里，自然凝冻，留到年底也不会坏。自从丧乱，年年过腊八，年年有粥喝，兴致未减，材料难求，因陋就简，虚应故事而已。

饺子

“好吃不过饺子，舒服不过倒着”，这是北方乡下的一句俗语。北平城里的人不说这句话。因为北平人过去不说饺子，都说“煮饽饽”，这也许是满洲语。我到了十四岁才知道煮饽饽就是饺子。

北方人，不论贵贱，都以饺子为美食。钟鸣鼎食之家有的是人力财力，吃顿饺子不算一回事。小康之家要吃顿饺子要动员全家老少，和面、擀皮、剁馅、包捏、煮，忙成一团，然而亦趣在其中。年终吃饺子是天经地义，有人胃口特强，能从初一到十五顿顿饺子，乐此不疲。当然连吃两顿就告饶的也不是没有。至于在乡下，吃顿饺子不易，也许要在姑奶奶回娘家时候才能有此豪举。

饺子的成色不同，我吃过最低级的饺子。抗战期间有一年除夕我在陕西宝鸡，餐馆过年全不营业，我踯躅街头，遥见铁路旁边有一草棚，灯火荧然，热气直冒，乃趋就之，竟是一间饺子馆。我叫了二十个韭菜馅饺子，店主还抓了一把带皮的蒜瓣给我，外加一碗热汤。我吃得一头大汗，十分满足。

我也吃过顶精致的一顿饺子。在青岛顺兴楼宴会，最后上了一钵水饺，饺子奇小，长仅寸许，馅子却是黄鱼韭黄，汤是清澈而浓的鸡汤，表面上还漂着少许鸡油。大家已经酒足菜饱，禁不住诱惑，还是给吃得精光，连连叫好。

做饺子第一面皮要好。店肆现成的饺子皮，碱太多，煮出来滑溜溜的，咬起来韧性不足。所以一定要自己和面，软硬合度，而且要多醒一阵子。盖上一块湿布，防干裂。擀皮子不难，久练即熟，中心稍厚，边缘稍薄。包的时候一定要用手指捏紧。有些店里伙计包饺子，用拳头一握就是一个，快则快矣，煮出来一个个的面疙瘩，一无是处。

饺子馅各随所好。有人爱吃荠菜，有人怕吃茴香。有人要薄皮大馅，最好是一兜儿肉，有人愿意多羼青菜。（有一位太太应邀吃饺子，咬了一口大叫，主人以为她必是吃到了苍蝇蟑螂什么的。她说："怎么，这里面全是菜！"主人大窘。）有人以为猪肉冬瓜馅最好，有人认定羊肉白菜馅为正宗。韭菜馅有人说香，有人说臭，天下之口并不一定同嗜。

冷冻饺子是不得已而为之，还是新鲜的好。据说新发明了一种制造饺子的机器，一贯作业，整洁迅速，我尚未见过。我想最好的饺子机器应该是——人。

吃剩下的饺子，冷藏起来，第二天油锅里一炸，炸得焦黄，好吃。

豆腐

豆腐是我们中国食品中的瑰宝。豆腐之法，是否始于汉淮南王刘安，没有关系，反正我们已经吃了这么多年，至今仍然在吃。在海外留学的人，到唐人街杂碎馆打牙祭少不了要吃一盘烧豆腐，方才有家乡风味。有人在海外由于制豆腐而发了财，也有人研究豆腐而得到学位。

关于豆腐的事情，可以编写一部大书，现在只是谈谈几项我个人所喜欢的吃法。

凉拌豆腐，最简单不过。买块嫩豆腐，冲洗干净，加上一些葱花，撒些盐，加麻油，就很好吃。若是用红酱豆腐的汁浇上去，更好吃。至不济浇上一些酱油膏和麻油，也不错。我最喜欢的是香椿拌豆腐。香椿就是庄子所说的“以八千岁为春，以八千岁为秋”的椿。取其吉利。我家后院植有一棵不大不小的椿树，春发嫩芽，绿中微带红色，摘下来用沸水一烫，切成碎末，拌豆腐，有奇香。可是别误摘臭椿，臭椿就是樗，《本草》李时珍曰：其叶臭恶，歉年人或采食。”近来台湾也有香椿芽偶然在市上出现，虽非臭椿，但是嫌其太粗壮，香气不足。在北平，和香椿拌豆腐可以相提并论的是黄瓜拌豆腐，这黄瓜若是冬天温室里长出来的，在没有黄瓜的季节吃黄瓜拌豆腐，其乐也何如？比松花拌豆腐好吃得多。

“鸡刨豆腐”是普通家常菜，可是很有风味。一块老豆腐用铲子在炒锅热油里戳碎，戳得乱七八糟，略炒一下，倒下一个打碎了的鸡蛋，再炒，加大量葱花。养过鸡的人应该知道，一块豆腐被鸡刨了是什么样子。

锅塌豆腐又是一种味道。切豆腐成许多长方块，厚薄随意，裹以鸡蛋汁，再裹上一层芡粉，入油锅炸，炸到两面焦，取出。再下锅，浇上预先备好的调味汁，如酱油料酒等，如有虾子羼入更好。略烹片刻，即可供食。虽然仍是豆腐，然已别有滋味。台北天厨陈万策老板，自己吃长斋，然喜烹调，推出的锅塌豆腐就是北平作风。

沿街担贩有卖“老豆腐”者。担子一边是锅灶，煮着一锅豆腐，久煮成蜂窝状，另一边是碗匙佐料如酱油、醋、韭菜末、芝麻酱、辣椒油之类。这样的老豆腐，自己在家里也可以做。天厨的老豆腐，加上了鲍鱼火腿等，身份就不一样了。

担贩亦有吆喝“卤煮啊，炸豆腐”者，他卖的是炸豆腐，三角形的，间或还有加上炸豆腐丸子的，煮得烂，加上些佐料如花椒之类，也别有风味。

一九二九年至一九三〇年之际，李璜先生宴客于上海四马路美丽川（应该是美丽川菜馆，大家都称之为美丽川），我记得在座的有徐悲鸿、蒋碧薇等人，还有我不能忘的席中的一道“蚝油豆腐”。事隔五十余年，不知李幼老还记得否。蚝油豆腐用头号大盘，上面平铺着嫩豆腐，一片片的像瓦垄然，整齐端正，黄橙橙的稀溜溜的蚝油汁洒在上面，亮晶晶的。那时候四川菜在上海初露头角，我首次品尝，诧为异味，此后数十年间吃过无数次川菜，不曾再遇此一杰作。我揣想那一盘豆腐是摆好之后去蒸的，然后浇汁。

厚德福有一道名菜，尝过的人不多，因为非有特殊关系或情形他们不肯做，做起来太麻烦，这就是“罗汉豆腐”。豆腐捣成泥，加芡粉以增其粘性，然后捏豆腐泥成小饼状，实以肉馅，和捏汤团一般，下锅过油，再下锅红烧，辅以佐料。罗汉是断尽三界一切见思惑的圣者，焉肯吃外表豆腐而内含肉馅的丸子，称之为罗汉豆腐是有揶揄之意，而且也没有特殊的美味，和“佛跳墙”同是噱头而已。

冻豆腐是广受欢迎的，可下火锅，可做冻豆腐粉丝熬白菜（或酸菜）。有人说，玉泉山的冻豆腐最好吃，泉水好，其实也未必。凡是冻豆腐，味道都差不多。我常看到北方的劳苦人民，辛劳一天，然后拿着一大块锅盔，捧着一黑皮大碗的冻豆腐粉丝熬白菜，稀里呼噜的吃，我知道他自食其力，他很快乐。

第四辑　雅舍忆旧

良辰美景，赏心乐事，随处皆是。智者乐水，仁者乐山，雨有雨的趣，晴有晴的妙，小鸟跳跃啄食，猫狗饱食酣睡，哪一样不令人看了觉得快乐？

记得当时年纪小

我十岁的时候进高小，北京朝阳门内南小街新鲜胡同京师公立第三小学校。越是小时候的事情，越是记得清楚。前几年一位无名氏先生寄我一张第三小学的大门口的照片，完全是七十多年前的样子，一点也没变。我看了之后，不知是欢喜还是惆怅，总之是别有一番滋味在心头。我猜想到这位无名氏先生是谁，因为他是我的第三小学的同学，虽然先后差了好几十年。我曾写过一篇小文《我在小学》，收在《秋室杂忆》里，提到教我唱歌的时老师。现在再谈谈我小时候唱歌的情形。

我的启蒙的第一首歌是《春之花》。调子我还记得，还能哼得上来，歌词却记不得了。头两句好像是："春光明媚好花开，如诗如画如锦绣。"唱歌是每周一小时，总在下午，摇铃前两名工友抬进教室一架小小的风琴。当时觉得风琴是很奇妙的东西，老师用两脚踏着两块板子，鼓动风箱，两手按键盘，其声呜呜然，成为各种调子。《春之花》的调子很简单，记得只有六句，重叠反复，其实只有三句，但是很好听。老师扯着沙哑的嗓音，先唱一遍，然后他唱一句，全班跟着唱一句，然后再全首唱一遍，全班跟着全首唱一遍。唱过三五遍，摇铃下课了，校工忙着把风琴抬出去。这风琴是一宝，各班共用，学生们不准碰一下的。

唱歌这一堂课最轻松，课前不要准备，扯着喉咙吼就行。老师也不点名，也不打分数考试。唱歌和手工一课都是我们最欢迎的，而且老师都很和蔼。

有一首歌，调子我也记得，歌词记得几句，是这样开始的：

亚人应种亚洲田，
黄种应享黄海权，
青年，青年，
切莫同种自相残，
坐教欧美着先鞭！
不怕死，不爱钱，
丈夫决不受人怜，
……

这首歌声调比《春之花》雄壮，唱起来蛮有劲的，但是不大懂词的意义。是谁“同种相残”？这歌是日本人作的，还是中国人作的，用意何在？怎么又冒出“不怕死，不爱钱”的话？何谓“不受人怜”？老师不讲解，学生也不问，我一直糊涂至今。但是这首歌我忘不了。

还有所谓军歌，也是学生们喜欢学着唱的。当时有些军队驻扎在城里，东城根儿禄米仓就是一个兵营，一队队的兵常出来在大街小巷里快步慢步的走，一面走还一面唱。我是一放学就回家，不在

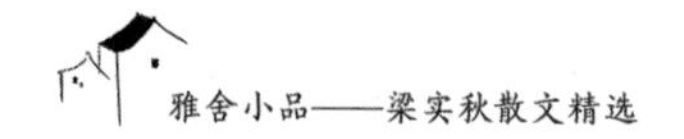

街上打滚，所以很少遇到队伍唱歌，可是间接的也听熟了军歌的几个片段，如：

三国战将勇，
首推赵子龙，
长坂坡前逞英雄。
还有张翼德，
他奶奶的硬是凶，
哇啦哇啦吼两声，
吓退了百万兵。

歌词很粗浅，合于一般大兵的口味，也投小学生的喜爱，我常听同学们唱军歌，自己也不禁的有时哼两句。

我十四岁进清华中等科，一年级还有音乐，好像是一种课外活动。教师是一位美国人，Miss Seeleg，丰姿绰约，是清华园里出色的人物。她教我们唱歌，首先是唱校歌，校歌是英文，也有中译，但是从来没有人用中文唱校歌。我不喜欢用英文唱校歌，所以至今我记不得怎样唱了。可是我小时嗓音好，调门高，经过测验就被选入幼年歌唱团，有一次还到城里青年会做过公开演唱会。同班的应尚能有音乐天才，唱低音，那天在青年会他涂黑了脸饰一黑人，载歌载舞，口里唱着——

It's nice to get up early in the morning，but，it's nicer to lie in bed.

满堂喝彩，掌声如雷，那盛况至今如在目前。我不久倒嗓喑哑不成声，遂对唱歌失去兴趣。有些同学喜欢星期日参加一些美国教师家里的查经班，于是Onward Christian Soldiers，Marching as to War……之类的歌声洋洋乎盈耳。“一百零一首名歌”在清华园里也不时的荡漾起来。这皆非我之所好。我乃渐渐的成为兰姆所谓“没有耳朵的人”。

抗战时期，我已近中年，中年人还唱什么歌？寓处附近有小学，小学生的歌声不时的传送过来。像“起来，不愿做奴隶的人们”那首进行曲，听的回数太多了，没人教也会唱。还有一首歌我常听小学生们唱，我的印象很深：

> 张老三，我问你：
> 你的家乡在哪里？
> 我的家，在山西，
> 过河还有二十里。
> 张老三，我问你：
> 种田还是做生意？

这样的一问一答，张老三终于供出他是布商，而且囤积了不少布匹，赢得不少暴利，于是这首歌的最后几句是：

> 一大批，一大批，
> 囤积在家里。

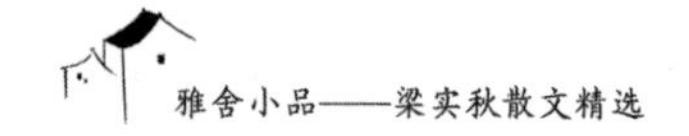

你是坏东西，

你真该枪毙！

这首歌大概对于囤积居奇的奸商以及一般人士发生不小的影响。

抗战时期也有与抗战无关的歌大为流行。例如，《教我如何不想她》虽说是模仿旧曲《四季相思》的意思，格调却是新的，抑扬顿挫，风靡一时。使我最难忘的是《记得当时年纪小》一首小歌，作者黄自是清华同学。我学唱这首歌是在一个温暖的季秋时节，在重庆南岸海棠山坡上，经朋友指点，反复唱了好几遍，事隔数十年，仍然萦绕在耳边。

附记：

上文发表后，引起几位读者兴趣，或来书指正，或予补充。

平群先生和刘济华先生分别告诉我《黄族应享黄海权》那首歌的全本是这样写的：

黄种应享黄海权，

亚人应种亚洲田。

青年，青年，

切莫同种自相残，

生教欧美着先鞭。

不怕死，不爱钱，

丈夫决不受人怜。

纵洪水滔天，

只手挽狂澜，

方不负石磐铁砚，

后哲先贤！

我还是不大懂，教儿童唱这样的歌是什么意思。有一位来信说此歌是“九一八”以后日本人作的，我想恐怕不对，此歌流行甚早，“九一八”是二十多年后的事。不过我也疑心到此歌作者用心不善。

小民女士来信补充了《三国战将勇》那首军歌的好几句，但是全文她也记不得了。

我最大的错误是关于《张老三》那首歌。杨坛先生来信说，《张老三》是抗战名曲《河边对口唱》，全文如下：

［对唱］张老三，我问你，你的家乡在哪里？

我的家，在山西，过河还有三百里。

我问你，在家里，种田还是做生意？

拿锄头，耕田地，种的高粱和玉米。

为什么，到此地，河边流浪受孤凄？

痛心事，莫提起，家破人亡无消息。

张老三，莫伤悲，我的命运不如你。

为什么，王老七，你的家乡在何地？

在东北，做生意，家乡八年无消息。

这该说，我和你，都是有家不能回。

［合唱］仇和恨，在心里，奔腾如同黄河水！

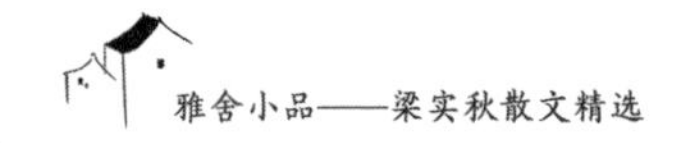

黄河边，定主意，咱们一同打回去！

为国家，当兵去，太行山上打游击！

从今后，我和你，一同打回老家去！

据杨先生说这歌曲是《黄河大合唱》中的一段，乃光未然（张光年）作词，冼星海作曲，于民国二十八年（1939年）在延安完成，显然的不是我文中所谓打击囤积的奸商的歌，我之所以有此错误，乃因这不是我童年唱过的歌，而是后来听孩子们常唱的，其歌唱的调子又好像和那打击奸商的歌有些相近，所以我就把两个歌联在一起了。

我的女儿文蔷来信告诉我，打击奸商的歌她是唱过的，其歌词大概是这样的——

你，你、你、你这个坏东西，

市面上日常用品不够用，

你一大批，一大批，囤积在家里！

只为你，发财肥自己，

别人的痛苦你全不理，

你这坏东西，你这坏东西，

真是该枪毙！

嗨！你这坏东西！

嗨！你真该枪毙！

一九八六年十二月十八日补记

七六年四月四日《中华日报·副刊》王令娴女士一篇文章也提到《你这个坏东西》这首歌，记得更完全，如下：

你，你、你、
你这个坏东西！
市面上日常用品不够用哟，
你一大批，一大批，
囤积在家里。
只管你发财，肥了自己，
别人的痛苦。你是全不理。
坏东西，坏东西，
囤积居奇，捣乱金融，破坏抗战。
都是你！
你的罪名和汉奸一样的。
别人在抗战里，
出钱又出力唷！
只有你，整天的在钱上打主意。
想一想，你自己，
是要钱做什么呢！
到头来你一个钱也带不进棺材里。
你这个坏东西！

童年生活

我的童年生活，只模糊的记得一些事。

北平有一童谣：

小小子儿，
坐门墩儿，
哭哭啼啼的想媳妇儿。
娶了媳妇儿干什么呀？
点灯，说话儿；
吹灯，做伴儿；
早晨起来梳小辫儿。

梳小辫儿是一天中第一件大事。我是在民国元年才把小辫儿剪了去的。那时候我的辫子已有一尺多长，睡一夜觉，辫子往往就松散了，辫子不梳好是不准出屋门的。所以早起急于梳辫子，而母亲忙，匆匆的给我梳，揪得头皮疼。我非常厌恶这根猪尾巴。父亲读《扬外十日记》《大义觉迷录》之类的书，常把满军入关之后“留头不留发，留发不留头”的事讲给我们听，我们对于辫子益发没有好感。革命后把辫子一刀两断，十分快意。那时候北平的新式理发馆只有东总布胡同西口路北一处，座椅两张。我第一次到那里剪发，连揪带剪，相当痛，而且头发楂顺着脖子掉下去。

民国以前，我的家是纯粹旧式的。孩子不是一家之主，是受气包儿。家规很严。门房、下房，根本不许孩子涉足其间。爷爷奶奶住的上房，无事也不准进去，父亲的书房也是禁地，佛堂更不用说。所以孩子们活动的空间有限。室内游戏以在炕上攀登被窝垛为主，再不就是用窗帘布挂在几张桌前做成小屋状，钻进去坐着，彼此做客互访为乐。玩具是有的，不外乎“打糖锣儿的”担子上买来的泥巴制的小蜡签儿之类，从隆福寺买来的小“空竹”算是上品了。

我记得儿时的服装，最简单不过。夏天似乎永远是一身竹布裤褂，白布是禁忌。冬天自然是大棉袄小棉袄，穿得滚圆臃肿。鞋子袜子都是自家做的，自古以来不就是以“青鞋布袜”作为高人雅士的标识吗？我们在童年时就有了那样的打扮。进了清华之后，才斗胆自主写信到天津邮购了一双白帆布鞋，才买了洋袜子穿。暑假把一双手工做的布袜子原样带回家，被母亲发现，才停止了布袜的供应。布鞋、毛窝，一直在脚上穿着，皮鞋是很久以后的事了。

小孩子哪有不馋的？早晨烧饼油条或是三角馒头，然后一顿面一顿饭，三餐无缺，要想吃零食不大容易。门口零食小贩是不许照顾的，有时候偷着吃“果子干”、“玻璃粉”或是买串糖葫芦，被发现便不免要挨骂。所以我出去到大鹁鸽市进陶氏学堂的时候，看见卖浆米藕的小贩，驻足而观，几乎馋死，豁出两天不吃烧饼油条积了两个铜板才得买了一小碟吃。我的一个弟弟想吃肉，有一天情不自已的问出一句使母亲心酸的话：“妈，小炸丸子卖多少钱一碟？”

革命以后，情况不同了。我的家庭也起了革命。我们可以穿白布衫裤，可以随时在院子里拍皮球、放风筝、耍金箍棒，可以逛隆福寺吃“驴打滚儿”、“艾饽饽”。父亲也带我们挤厂甸。念字号儿，描红模子，读商务出版的“人手足刀尺，一人二手，开门见山，山高月小，水落石出……”，这一套启蒙教育，都是在炕桌上，在母亲的笤帚疙瘩的威吓下，顺利进行的。我们没受过体罚。我比较顽皮淘气，可是也没挨过打。我爱发问，我读过“一老人，入市中，买鱼两尾，步行回家”之后，曾经发问：“为什么买鱼两尾就不许他回家？”

父亲给我们订了一份商务的《儿童画报》，卷末有一栏绘一空白轮廓，要小读者运用想象力在其中填画一件彩色的实物。寄了去如果中选则有奖。我得了好几次奖，大概我是属于“小时了了”那一类型。上房后炕的炕案上有一箱装订成册的《吴友如画宝》，虽然说明文字未必能看得懂，画中大意往往能体会到一大部分，帮助我了解社会人生不浅。性的知识，我便是在八九岁时从吴友如的几期画报中领悟到的。

这就是我童年生活的大概。

故都乡情

北平城，历元、明、清以至民初，都是首都所在地。辇下人文荟萃，其间风土人情可记之处自不在少。明刘侗、于奕正合撰《帝京景物略》，清乾隆敕撰《日下旧闻考》都是翔实的记载；晚清的《燕京岁时记》以及抗战前北平研究院编《北平风俗类征》更是取材广博，巨细靡遗。寓居台湾人士每多故乡之思，而怀念北平者尤多，实因北平风物多彩多姿，令人低回留恋而不能自已。在这方面杰出的著作，我有缘拜读过的有陈鸿年的《故都风物》，郭立诚的《故都忆往》，唐鲁孙的《故园情》《中国吃》《南北看》《天下味》皆笔触细腻，亲切动人。而最新出版的要数喜乐先生、小民女士贤伉俪所作之《故都乡情》，搜集北平的技艺、小贩、劳工、小吃，形形色色，一一加以介绍。其中资料全是作者亲身经验，以清末民初的北平社会实况为蓝本。尤其难能可贵的是喜乐、小民对北平各阶层有深入的了解，有许多情形不是一般北平土著都能洞晓的。而喜乐先生雅擅绘笔，力求传真不遗细节，小民的文笔活泼文雅，图文并茂，相得益彰。

我有一点感想。大概人都爱他的故乡，离乡背井一向被认为是一件苦事。英国浪漫诗人拜伦因为行为不检不容于清议，愤而去国，客死海外。他临行时说："不是我不配居住在英国，便是英国不配让我来居住。"其言虽激，其情可悯。其实一个人远离家乡，无论是由于任何缘故，日久必有一股乡愁。我是北平人，我生长在北平，祖宗坟墓在北平，然而一去三十余年，"春秋迭年，必有去故之悲"。如今读到这部大著，乃有重涉故园之感。

人于其家乡往往有所偏爱，觉得家乡一切都比外乡的好。曾见有人怀念故乡之文，始终不说明其家乡之所在，动辄曰"我家乡的桃是如何肥美"或"我家乡的梨是如何嫩甜"，一似他的家乡所产的水果可以独步天下。其实肥城桃莱阳梨才是真正的美味，无与伦比，其他各地所产相形之下直培娄耳。我们并不讥评他的见识不广，我们宁愿欣赏他的爱乡之殷。我也曾见人为文，夸赏他的家乡的时候，引用杜工部的诗句"月是故乡明"以表达他的情思。"外国的月亮圆"，固然是语无伦次，若说故乡之月较他处为明，岂不同样可嗤。按：九家注杜诗，师民瞻注云："江淹《别赋》'隔千里兮共明月'。子美工于用字，析而倒言之，故其语势尤健。"是工部乃在说故乡之月此时亦正明也，何尝有比较之意？妄引杜诗，也是由于爱乡情切，不无可原。喜乐、小民之书没有这种偏颇的毛病，北方风物之简陋处于有意无意之间毫无隐讳。

时代转移，北平也跟着变化。辛亥革命是一变，首都南迁是一变，日寇入侵是一变，而最近三十余年又是彻底翻腾的一大变。北平的社会面貌有了变化，北平的风土人情也跟着有了变化。三十多年前，乃至五六十年前北平风物的老样子，现在已经不可复睹了。

喜乐、小民这部书是当年北平风物的实录，令人读后无限神往。我相信，有不少读者，会像我一样，觉得时光倒流，又复置身于那个既古老、又有趣、“无风三尺土，有雨一街泥”、喝豆汁、吃灌肠、放风筝、逛厂甸的北平城。

北平年景

过年须要在家乡里才有味道。羁旅凄凉，到了年下只有长吁短叹的份儿，还能有半点欢乐的心情？而所谓家，至少要有老小二代，若是上无双亲，下无儿女，剩下伉俪一对，大眼瞪小眼，相敬如宾，还能制造什么过年的气氛，北平远在天边，徒萦梦想，童时过年风景，尚可回忆一二。

祭灶过后，年关在迩。家家忙着把锡香炉、锡蜡签、锡果盘、锡茶托，从蛛网尘封的箱子里取出来，做一年一度的大擦洗。宫灯、纱灯、牛角灯，一齐出笼。年货也是要及早备办的，这包括厨房里用的干货，拜神祭祖用的苹果干果等，屋里供养的牡丹水仙，孩子们吃的粗细杂拌儿。蜜供是早就在白云观订制好了的，到时候用纸糊的大筐篓一碗一碗装着送上门来。家中大小，出出进进，如中风魔。主妇当然更有额外负担，要给大家制备新衣新鞋新袜大衫，尽管是布鞋布袜布大衫，总要上下一新。

祭祖先是过年的高潮之一。祖先的影像悬挂在厅堂之上，都是七老八十的，有的撇嘴微笑，有的金刚怒目，在香烟缭绕之中，享用蒸烟，这时节孝子贤孙磕头如捣蒜，其实亦不知所为何来，慎终追远的意思不能说没有，不过大家忙的是上供、拈香、点烛、磕头，紧接着是撤供，围桌吃年夜饭，来不及慎终追远。

吃是过年的主要节目。年菜是标准化了的，家家一律。人口旺的人家要进全猪，连下水带猪头，分别处理下咽。一锅炖肉，加上蘑菇是一碗，加上粉丝又是一碗，加上山药又是一碗，大盆的芥末墩儿、鱼冻儿、肉皮辣酱，成缸的大腌白菜、芥菜疙瘩——管够。初一不动刀，初五以前不开市，年菜非囤积集不可，结果是年菜等于剩菜，吃倒了胃口而后已。

“好吃不过饺子，舒服不过倒着”，这是乡下人说的话，北平人称饺子为“煮饽饽”，城里人也把煮饽饽当作好东西，除了除夕消夜不可少的一顿之外，从初一至少到初三，顿顿煮饽饽，直把人吃得头昏脑涨。这种疲劳填充的方法颇有道理，可以使你长期的不敢再对煮饽饽妄动食指，直等到你淡忘之后明年再说。除夕消夜的那一顿，还有考究，其中一只要放一块银币，谁吃到那一只主交好运。家里有老祖母的，年年是她老人家幸运的一口咬到，谁都知道其中做了手脚，谁都心里有数。

孩子们须要循规蹈矩，否则便成了野孩子，惟有到了过年时节可以沐恩解禁，任意的做孩子状。除夕之夜，院里撒满了芝麻秸儿，孩子们践踏得咯吱咯吱响是为“踩岁”。闹得精疲力竭，睡前给大人请安，是为“辞岁”。大人摸出点什么作为赏赉，是为“压岁”。

新正是一年复始，不准说丧气话，见面要道一声“新禧”。房梁上有“对我生财”的横批，柱子上有“一人新春万事如意”的直条，天棚上有“紫气东来”的斗方，大门上有“国恩家庆人寿年丰”的对联。墙上本来不大干净的，还可贴上几张年画，什么“招财进宝”、“肥猪拱门”，都可以收补壁之效。自己心中想要获得的，写出来画出来贴在墙上，俯仰之间仿佛如意算盘业已实现了！

好好的人家没有赌博的。打麻将应该到八大胡同去，在那里有上好的骨牌，硬木的牌桌，还有佳丽环列。但是过年则几乎家家开赌，推牌九、状元红，呼幺喝六，老少咸宜。赌禁的开放可以延长到元宵，这是惟一的家庭娱乐。孩子们玩花炮是没有腻的。九隆斋的大花盒，七层的九层的，花样翻新，直把孩子看得瞪眼咂舌。冲天炮、二踢脚、太平花、飞天七响、炮打襄阳，还有我们自以为值得骄傲的可与火箭媲美的“旗火”，从除夕到天亮彻夜不绝。

街上除了油盐店门上留个小窟窿外，商店都上板，里面常是锣鼓齐鸣，狂擂乱敲，无板无眼，据说是伙计们在那里发泄积攒一年的怨气。大姑娘小媳妇擦脂抹粉的全出动了，三河县的老妈儿都在头上插一朵颤巍巍的红绒花。凡是有大姑娘小媳妇出动的地方就有更多的毛头小伙子乱钻乱挤。于是厂甸挤得水泄不通，海王村里除了几个露天茶座坐着几个直流鼻涕的小孩之外没有什么可看，但是入门处能挤死人！火神庙里的古玩玉器摊，土地祠里的书摊画棚，看热闹的多，买东西的少。赶着天晴雪霁，满街泥泞，凉风一吹，又滴水成冰，人们在冰雪中打滚，甘之如饴。“喝豆汁儿，就咸菜儿，琉璃喇叭大沙雁儿”，对于大家还是有足够的诱惑。此外如财神庙、白云观、雍和宫，都是人挤人、人看人的局面，去一趟把鼻子耳朵冻得通红。

新年狂欢拖到十五。但是我记得有一年提前结束了几天，那便是一九一二年，阴历的正月十二日，在普天同庆声中，中华民国第一任大总统袁世凯先生嗾使北军第三镇曹锟驻禄米仓部队哗变掠劫平津商民两天，这开国后第一个惊人的年景使我到如今不能忘怀。

放风筝

偶见街上小儿放风筝，拖着一根棉线满街跑，嬉戏为欢，状乃至乐。那所谓风筝，不过是竹篾架上糊一点纸，一尺见方，顶多底下缀着一些纸穗，其结果往往是绕挂在街旁的电线上。

常因此想起我小时候在北平放风筝的情形。我对放风筝有特殊的癖好，从孩提时起直到三四十岁，遇有机会从没有放弃过这一有趣的游戏。在北平，放风筝有一定的季节，大约总是在新年过后开春的时候为宜。这时节，风劲而稳。严冬时风很大，过于凶猛，春季过后则风又嫌微弱了。开春的时候，蔚蓝的天，风不断的吹，最好放风筝。

北平的风筝最考究。这是因为北平有闲阶级的人多，如八旗子弟，凡属耳目声色之娱的事物都特别发展。我家住在东城，东四南大街，在内务部街与史家胡同之间有一个二郎庙，庙旁边有一爿风筝铺，铺主姓于，人称“风筝于”。他做的风筝在城里颇有小名。我家离他近，买风筝特别方便。他做的风筝，种类繁多，如肥沙雁、瘦沙雁、龙井鱼、蝴蝶、蜻蜓、鲇鱼、灯笼、白菜、蜈蚣、美人儿、八卦、蛤蟆以及其他形形色色的。鱼的眼睛是活动的，放起来滴溜溜的转，尾巴拖得很长，临风波动。蝴蝶蜻蜓的翅膀也有软的，波动起来也很好看。风筝的架子是竹制的，上面绷起高丽纸面，讲究的要用绢绸，绘制很是精致，彩色缤纷。风筝于的出品，最精彩是“提线”拴得角度准确，放起来不“打筋斗”，平平稳稳。风筝小者三尺，大者一丈以上，通常在家里玩玩有三尺到六尺就很够。新年厂甸开放，风筝摊贩也很多，品质也还可以。

放风筝的线，小风筝用棉线即可，三尺以上就要用棉线数绺捻成的“小线”，小线也有粗细之分，视需要而定。考究的要用“老弦”：取其坚牢，而且分量较轻，放起来可以扭成直线，不似小线之动辄出一圆兜。线通常绕在竹制的可旋转的“线桄子”上。讲究的是硬木制的线桄子，旋转起来特别灵活迅速。用食指打一下，桄子即转十几转，自然的把线绕上去了。

有人放风筝，尤其是较大的风筝，常到城根或其他空旷的地方去，因为那里风大，一抖就起来了。尤其是那一种特制的巨型风筝，名为“拍子”，长方形的，方方正正没有一点花样，最大的没有超过九尺。北平的住宅都有个院子，放风筝时先测定风向，要有人带起一根大竹竿，竿顶置有铁叉头或铜叉头（挂画所用的那种叉子），把风筝挑起，高高举起到房檐之上，等着风一来，一抖，风筝就飞上天去，竹竿就可以撤了，有时候风不够大，举竹竿的人还要爬上房去踞坐在房脊上面。有时候，费了不少手脚，而风姨不至，只好废然作罢。不过这种扫兴的机会并不太多。

风筝和飞机一样，在起飞的时候和着陆的时候最易失事。电线和树都是最碍事的，须善为躲避。风筝一上天，就没有事，有时候进入罡风境界，则不需用手牵着，大可以把线拴在屋柱上面，自己进屋休息，甚至拴一夜，明天再去收回。春寒料峭，在院子里久了会冻得涕泗交流，线弦有时也会把手指勒得青疼，甚至出血，是需要到屋里去休息取暖的。

风筝之“筝”字，原是一种乐器，似瑟而十三弦。所以顾名思义，风筝也是要有声响的，《询刍录》云：“五代李邺于宫中作纸鸢，引线乘风为戏，后于鸢首，以竹为笛，使风入竹，声如筝鸣。”这记载是对的。不过我们在北平所放的风筝，倒不是“以竹为笛”，带响的风筝是两种，一种是带锣鼓的，一种是带弦弓的，二者兼备的当然也不是没有。所谓锣鼓，即是利用风车的原理捶打纸制的小鼓，清脆可听。弦弓的声音比较更为悦耳。有诗为证：

> 夜静弦声响碧空，宫商信任往来风。
> 依稀似曲才堪听，又被风吹别调中。
>
> ——高骈《风筝》诗

我以为放风筝是一件颇有情趣的事。人生在世上，局促在一个小圈圈里，大概没有不想偶然远走高飞一下的。出门旅行，游山逛水，是一个办法，然亦不可常得。放风筝时，手牵着一根线，看风筝冉冉上升，然后停在高空，这时节仿佛自己也跟着风筝飞起了，俯瞰尘寰，怡然自得。我想这也许是自己想飞而不可得，一种变相的自我满足吧。春天的午后，看着天空飘着别人家放起的风筝，虽然也觉得很好玩，究不若自己手里牵着线的较为亲切，那风筝就好像是载着自己的一片心情上了天。真是的，在把风筝收回来的时候，心里泛起一种异样的感觉，好像是游罢归来，虽然不是扫兴，至少也是尽兴之后的那种疲惫状态，懒洋洋的，无话可说，从天上又回到了人间，从天上翱翔又回到匍匐地上。

放风筝还可以“送幡”（俗呼为“送饭儿”）。用铁丝圈套在风筝线上，圈上附一长纸条，在放线的时候铁丝圈和长纸条便被风吹着慢慢的滑上天去，纸幡在天空飞荡，直到抵达风筝脚下为止。在夜间还可以把一盏一盏的小红灯笼送上去，黑暗中不见风筝，只见红灯朵朵在天上游来游去。

放风筝有时也需要一点点技巧。最重要的是在放线松弛之间要控制得宜。风太劲，风筝陡然向高处跃起，左右摇晃，把线拉得绷紧，这时节一不小心风筝便会倒栽下去。栽下去不要慌，赶快把线一松，它立刻又会浮起，有时候风筝已落到视线所不能及的地方，依然可以把它挽救起来，凡事不宜操之过急，放松一步，往往可以化险为夷，放风筝亦一例也。技术差的人，看见风筝要栽筋斗，便急忙往回收，适足以加强其危险性，以至于不可收拾。风筝落在树梢上也不要紧，这时节也要把线放松，乘风势轻轻一扯便会升起，性急的人用力拉，便愈纠缠不清，直到把风筝扯碎为止。在风力弱的时候，风筝自然要下降，线成兜形，便要频频扯抖，尽量放线，然后再及时收回，一松一紧，风筝可以维持于不坠。

好斗是人的一种本能。放风筝时也可表现出战斗精神。发现邻近有风筝飘起，如果位置方向适宜，便可向它斗争。法子是设法把自己的风筝放在对方的线兜之下，然后猛然收线，风筝陡的直线上升，势必与对方的线兜交缠在一起，两只风筝都摇摇欲坠，双方都急于向回扯线，这时候就要看谁的线粗，谁的手快，谁的地势优了。优胜的一方面可以扯回自己的风筝，外加一只俘虏，可能还有一段线。我在一季之中，时常可以俘获四五只风筝。把俘获的风筝放起，心里特别高兴，好像是在炫耀自己的战利品，可是有时候战斗失利，自己的风筝被俘，过一两天看着自己的风筝在天空飘荡，那便又是一种滋味了。这种斗争并无伤于睦邻之道，这是一种游戏，不发生侵犯领空的问题。并且风筝也只好玩一季，没有人肯玩隔年的风筝。迷信说隔年的风筝不吉利，这也许是卖风筝的人造的谣言。

树

北平的人家，差不多家家都有几棵相当大的树。前院一棵大槐树是很平常的。槐荫满庭，槐影临窗，到了六七月间槐黄满树使得家像一个家，虽然树上不时的由一根细丝吊下一条绿颜色的肉虫子，不当心就要粘得满头满脸。槐树寿命很长，有人说唐槐到现在还有生存在世上的，这种树的树干就有一种纠绕蟠屈的姿态，自有一股老丑而并不自嫌的神气，有这样一棵矗立在前庭，至少可以把“树小墙新画不古”的讥诮免除三分之一。后院照例应该有一棵榆树，榆与余同音，示有余之意，否则榆树没有什么特别值得人喜爱的地方，成年的往下撒落五颜六色的毛毛虫，榆钱做糕也并不好吃。至于边旁跨院里，则只有枣树的份，“叶小如鼠耳”，到处生些怪模怪样的能刺伤人的小毛虫。枣实只合做枣泥馅子，生吃在肚里就要拉枣酱，所以左邻右舍的孩子老妪任意扑打也就算了。院子中央的四盆石榴树，那是给天棚鱼缸做陪衬的。

我家里还有些别的树。东院里有一棵柿子树，每年结一二百个高庄柿子，还有一棵黑枣。垂花门前有四棵西府海棠，艳丽到极点。西院有四棵紫丁香，占了半个院子。后院有一棵香椿和一棵胡椒，椿芽椒芽成了烧黄鱼和拌豆腐最好的作料。榆树底下有一个葡萄架，年年在树根左近要埋一只死猫（如果有死猫可得）。在从前的一处家园里，还有更多的树，桃、李、胡桃、杏、梨、藤萝、松、柳，无不具备。因此，我从小就对于树存有偏爱。我尝面对着树生出许多非非之想，觉得树虽不能言，不解语，可是它也有生老病死，它也有荣枯，它也晓得传宗接代，它也应该算是“有情”。

树的姿态各个不同。亭亭玉立者有之；矮墩墩的有之；有张牙舞爪者；有佝偻其背者；有戟剑森森者；有摇曳生姿者；各极其致。我想树沐浴在熏风之中，抽芽放蕊，它必有一番愉快的心情。等到花簇簇，锦簇簇，满枝头红红绿绿的时候，招蜂引蝶，自又有一番得意。落英缤纷的时候可能有一点伤感，结实累累的时候又会有一点迟暮之思。我又揣想，蚂蚁在树干上爬，可能会觉得痒痒出溜的；蝉在枝叶间高歌，也可能会觉得聒噪不堪。总之，树是活的，只是不会走路，根扎在哪里便住在哪里，永远没有颠沛流离之苦。

小时候听“名人演讲”，有一次是一位什么“都督”之类的角色讲演“人生哲学”，我只记得其中一点点，他说：“植物的根是向下伸，兽畜的头是和身躯平的，人是立起来的，他的头是在最上端。”我当时觉得这是一大发现，也许是生物进化论又一崭新的说法。怪不得人为万物之灵，原来他和树比较起来是本末倒置的。人的头高高在上，所以“清气上升，浊气下降”。有道行的人，有坐禅，有立禅，不肯倒头大睡，最后还要讲究坐化。

可是历来有不少诗人并不这样想，他们一点也不鄙视树。美国的弗罗斯特有一首诗，名《我的窗前树》，他说他看出树与人早晚是同一命运的，都要倒下去，只有一点不同，树担心的是外在的险厄，人烦虑的是内心的风波。又有一位诗人名Kilmer，他有一首著名的小诗——《树》，有人批评说那首诗是“坏诗”，我倒不觉得怎样坏，相反的，“诗是像我这样的傻瓜做的，只有上帝才能造出一棵树”，这两行诗颇有一点意思。人没有什么了不起，侈言创造，你能造出一棵树来吗？树和人，都是上帝的创造。最近我到阿里山去游玩，路边见到那株“神木”，据说有三千年了，比起庄子所说的“以八千岁为春，以八千岁为秋”的上古大椿还差一大截子，总算有一把年纪，可是看那一副形容枯槁的样子，只是一具枯骸，何神之有！我不相信“枯树生华”那一套。我只能生出“树犹如此，人何以堪”的感想。

我看见阿里山上的原始森林，一片片，黑压压，全是参天大树，郁郁葱葱。但与我从前在别处所见的树木气象不同。北平公园大庙里的柏，以及梓橦道上的所谓张飞柏，号称“翠云廊”，都没有这里的树那么直那么高。像黄山的迎客松，屈铁交柯，就更不用提，那简直是放大了的盆景。这里的树大部分是桧木，全是笔直的，上好的电线杆子材料。姿态是谈不到，可是自有一种棒莽来除入眼荒寒的原始山林的意境。局促在城市里的人走到原始森林里来，可以嗅到“高贵的野蛮人”的味道，令人精神上得到解放。

北平的冬天

说起冬天，不寒而栗。

我是在北平长大的。北平冬天好冷。过中秋不久，家里就忙着过冬的准备，做“冬防”。阴历十月初一屋里就要生火，煤球、硬煤、柴火都要早早打点。摇煤球是一件大事。一串骆驼驮着一袋袋的煤末子到家门口，煤黑子把煤末子背进门，倒在东院里，堆成好高的一大堆。然后等着大晴天，三五个煤黑子带着筛子、耙子、铲子、两爪钩子就来了，头上包块布，腰间褡布上插一根短粗的旱烟袋。煤黑子摇煤球的那一套手艺真不含糊。煤末子摊在地上，中间做个坑，好倒水，再加预先备好的黄土，两个大汉就搅拌起来。搅拌好了就把烂泥一般的煤末子平铺在空地上，做成一大块蛋糕似的，再用铲子拍得平平的、光溜溜的，约一丈见方。这时节煤黑子已经满身大汗，脸上一条条黑汗水淌了下来，该坐下休息抽烟了。休毕，煤末子稍稍干凝，便用铲子在上面横切竖切，切成小方块，像厨师切菜切萝卜一般手法伶俐。然后坐下来，地上倒扣一个小花盆，把筛子放在花盆上，另一人把切成方块的煤末子铲进筛子，便开始摇了，就像摇元宵一样，慢慢的把方块摇成煤球。然后摊在地上晒。一筛一筛的摇，一筛一筛的晒。好辛苦的工作，孩子在一边看，觉得好有趣。

万一天色变，雨欲来，煤黑子还得赶来收拾，归拢归拢，盖上点什么，否则煤被雨水冲走，前功尽弃了。这一切他都乐为之，多开发一点酒钱便可。等到完全晒干，他还要再来收煤，才算完满，明年再见。

煤黑子实在很苦，好像大家并不寄予多少同情。从日出做到日落，疲乏的回家途中，遇见几个顽皮的野孩子，还不免听到孩子们唱着歌谣嘲笑他：

煤黑子

打算盘，

你妈洗脚我看见！

我那时候年纪小，好久好久都没有能明白为什么洗脚不可以令人看见。

煤球儿是为厨房大灶和各处小白炉子用的，就是再穷苦不过的人家也不能不预先储备。有“洋炉子”的人家当然要储备的还有大块的红煤白煤，那也是要砸碎了才能用，也需一番劳力的。南方来的朋友们看到北平家家户户忙“冬防”，觉得奇怪，他不知道北平冬天的厉害。

一夜北风寒，大雪纷纷落，那景致有得瞧的。但是有几个人能有谢道韫女士那样从容吟雪的福分。所有的人都被那砭人肌肤的朔风吹得缩头缩脑，各自忙着做各自的事。我小时候上学，背的书包倒不太重，只是要带墨盒很伤脑筋，必须平平稳稳的拿着，否则墨汁要洒漏出来，不堪设想。有几天还要带写英文字的蓝墨水瓶，更加恼人了。如果伸手提携墨盒墨水瓶，手会冻僵。手套没有用。我大姐给我用绒绳织了两个网子，一装墨盒，一装墨水瓶，同时给我做了一副棉手筒，两手伸进筒内，提着从一个小孔塞进的网绳，于是两手不暴露在外而可提携墨盒墨水瓶了。饶是如此，手指关节还是冻得红肿，做奇痒。脚后跟生冻疮更是稀松平常的事。临睡时母亲为我们备热水烫脚，然后钻进被窝，这才觉得一日之中尚有温暖存在。

北平的冬景不好看吗？那倒也不。大清早，榆树顶的干枝上经常落着几只乌鸦，呱呱的叫个不停，好一幅古木寒鸦图！但是还不及西安城里的乌鸦多。北平喜鹊好像不少，在屋檐房脊上叽叽喳喳的叫，翘着的尾巴倒是很好看的，有人说它是来报喜，我不知喜自何来。麻雀很多，可是竖起羽毛像披蓑衣一般，在地面上蹦蹦跳跳的觅食，一副可怜相。不知什么人放鸽子，一队鸽子划空而过，盘旋又盘旋，白羽衬青天，哨子忽忽响。又不知是哪一家放风筝，沙雁蝴蝶龙睛鱼，弦弓上还带锣鼓。隆冬之中也还点缀着一些情趣。

过新年是冬天生活的高潮。家家贴春联、放鞭炮、煮饺子、接财神。其实是孩子们狂欢的季节，换新衣裳、磕头、逛厂甸儿，流着鼻涕举着琉璃喇叭大沙雁儿。五六尺长的大糖葫芦糖稀上沾着一层尘沙。北平的尘沙来头大，是从蒙古戈壁大沙漠刮来的，平时真是胡尘涨宇，八表同昏。脖领里、鼻孔里、牙缝里，无往不是沙尘。这才是真正的北平的冬天的标志。愚夫愚妇们忙着逛财神庙、白云观去会神仙，甚至赶妙峰山进头炷香，事实上无非是在泥泞沙尘中打滚而已。

在北平，裘马轻狂的人固然不少，但是极大多数的人到了冬天都是穿着粗笨臃肿的大棉袍、棉裤、棉袄、棉袍、棉背心、棉套裤、棉风帽、棉毛窝、棉手套。穿丝棉的是例外。至若拉洋车的、挑水的、掏粪的、换洋取灯儿的、换肥子儿的、抓空儿的、打鼓儿的……哪一个不是衣裳单薄，在寒风里打战？在北平的冬天，一眼望出去，几乎到处是萧瑟贫寒的景色，无须走向粥厂门前才能体会到什么叫做饥寒交迫的境况。北平是大地方，从前是辇毂所在，后来也是首善之区，但也是“朱门酒肉臭，路有冻死骨”的地方。

北平冷，其实有比北平更冷的地方。我在沈阳度过两个冬天。房屋双层玻璃窗，外层凝聚着冰雪，内层若是打开一个小孔，冷气就逼人而来。马路上一层冰一层雪，又一层冰一层雪，我有一次去赴宴，在路上连跌了两跤，大家认为那是寻常事。可是也不容易跌断腿，衣服穿得多。一位老友来看我，觌面不相识，因为他的眉毛须发全都结了霜！街上看不到一个女人走路。路灯电线上踞着一排鸦雀之类的鸟，一声不响，缩着脖子发呆，冷得连叫的力气都没有。更北的地方如黑龙江，一定冷得更有可观。北平比较起来不算顶冷了。

冬天实在是很可怕。诗人说：“冬天来到了，春天还会远吗？”但愿如此。

东安市场

北平的东安市场，本地人简称为“市场”，因为当年北平内城里像样子的市场就只有这么一个。西城也有一个西安市场，那是后来兴建的，而且里面冷冷落落，十摊九空，不能和东安市场相比。北平的繁盛地区历来是在东城。

我家住的地方离市场很近，步行约二十分钟，出胡同口转两个弯，就到了。市场的地点是在王府井大街金鱼胡同西口的把角处。我十岁左右的时候，常随同兄弟姊妹溜达着去买点什么吃点什么或是闲逛一番。

东安市场有四个门，金鱼胡同口内的是后门（也称北门），王府井大街的是前门，前门往南不远有个不大显眼的中门，再往南有个更不大显眼的南门。

进前门，左手是市场管理处，属京师警察厅左一区。墙上吊挂着一排蓝布面的记事簿子，公事桌旁坐着三两警察，看样子很悠闲。照直往前走，短短一截路，中间是固定的摊贩，两边是店铺。这条短路衔接着南北向的一条大路，这大路是市场的主干线。路中间有密密丛丛的固定摊贩，两边都是店铺。路面是露天的，可是各个摊贩都设法支起一个布帐篷，连接起来也可以避骄阳细雨。直到民国元年二月间（辛亥年正月十二日），大总统袁世凯嗾使陆军第三镇曹锟驻禄米仓部队兵变，大掠平津，东安市场首当其冲，不知为什么抢掠之后还要付之一炬。那一夜晚，我在家里看到熊熊大火起自西南，黑的白的浓烟里冒着金星，还听得到噼噼啪啪的响。这一把火把市场烧成一片焦土。可是俗语说“烧发，烧发”，果不其然，不久市场重建起来了，比以前更显得整齐得多。布帐篷没有了，改为铅铁棚，把整条街道都遮盖起来，不再受天气的影响。有一点像现今美国的所谓Mall（商场街），只是规模简陋许多，没有空气调节器。

我逛市场总是从后门进去，一进门，觌面就是一个水果摊，除了各色水果堆得满坑满谷之外，还有应时的酸梅汤、玻璃粉、果子干，以及山里红汤、蹀椁、炒红果、糊子糕、蜜饯杏干、蜜饯海棠，当然冬天还有各样的冰糖葫芦。这些东西本来大部分是干果子铺或水果店发卖的货色，按照北平老规矩，上好的水果都是藏在里面的，摆在外面的是二等货，识货的主顾一定坚持要头等货，伙计才肯到里面拿出好货色来，这就是“良贾深藏若虚”的道理。市场的水果摊则不然，好货色全摆在外面，次货藏在桌底下。到市场买水果很容易上当，通常两个卖主应付一个买主，一个帮助买主挑挑拣拣，好话说尽，另一个专管打蒲包，手法利落，把已拣好的好货塞到桌下，用次货调包，再不然就是少放几个，买主回家发现徒呼负负而已。北平买卖人道德低落在民初即已开始，市场是最好的奸商表演特技的地方。不过市场的货色，至少从表面上看，是很漂亮诱人的。即以冰糖葫芦而论，除了琉璃厂信远斋的比较精致之外，没有比市场更好的。再往前走几步，有个卖豌豆黄的，长方的一块块，上面贴上一层山楂糕，装在纸匣里带回家去，是很可口的一样甜点。

进后门右手有一座四层楼，也是火烧后的新建筑。这楼名为“森隆”，算是市场最高大的建筑物了。楼下一层是“稻香村”，顾名思义是专卖南货。当年北平卖南货的最初是前门外观音街的“稻香村”，道地的南货，店伙都是杭州人，出售的货色不外笋尖、素火腿、沙胡桃、甘草橄榄、半梅、笋豆、香蕈、火腿之类，附带着还卖杭垣舒莲记的折扇。沿街也偶有卖南货跑单帮的小贩。“森隆”的“稻香村”虽是后起，规模不小，除了南货也有北货。特制的糟蛋、醉蟹等都很出色。“森隆”楼上是餐馆，二楼中餐，三楼西餐，四楼素食。西菜很特别，中国菜味十足，显得土气，吃不惯道地西菜的人趋之若鹜。

进后门左转照直走，就看见“吉祥茶园”。当年富连成的科班经常在此上演，小孩儿戏常是成本大套的，因为人多，戏格外热闹，尤其是武戏，孩子们是真卖力气。谭富英、马连良出师不久常在这里演唱。戏园所在的地方，附近饮食业还能不发达？“东来顺”、“润明楼”就在左边。“东来顺”是回教馆，以氽烤羊肉驰名，其实只是一个中级的馆子，价钱便宜，为大众所易接受，讲到货色就略嫌粗糙，片羊肉没有“正阳楼”片得薄，一切佐料也嫌简陋。因为生意好，永远是乱哄哄的，堂倌疲于奔命，顾客望而生畏。“润明楼”就更等而下之，只好以里脊丝拉皮为号召了，只是门前现烙现卖的褡裢火烧却是别处没有的，虽然油腻一点。右边有一家“大鸿楼”，比较晚开的，长于面点，所做的牛肉面，汤清碗大，那一块红亮的大块肥瘦肉，酥烂香嫩，一块不够可以双浇，大有上海的风味，爆鳝过桥也是一绝。

从“吉祥戏院”门口向右一转是一片空场，可是一个好去处。零食摊贩一个挨着一个。豆汁儿、灌肠、爆肚儿、豆腐脑、豆腐丝，应有尽有。最吸引人的是广场里卖艺的，耍坛子的，拉大片的，耍狗熊的，耍猴儿的，还有变戏法的。我小时候常和我哥哥到市场看变戏法的，对于那神出鬼没无中生有的把戏最感兴味。有一天寒风凛冽，一大群人围观，以小孩居多。变戏法的忽然取出一条大蛇，真的活的大蛇，举着蛇头绕场巡走一周，一面高呼：“这蛇最爱吃小孩的鼻涕……”在场的小孩一个个的急忙举起袖子揩鼻涕，群众大笑。变戏法的在紧要关头倏的停止表演，拿起小锣就敲，“镗！镗！镗！财从旺地起，请大家捧捧场。”坐在前排凳上的我哥哥和我从衣袋里掏出几个铜板往场地一丢，这时候场地上只有疏疏落落的二三十个铜板，通常一个人投一个铜板也就够了，我们俩投了四五个，变戏法的登时走了过来，高声说：“列位看见了吗，这两位哥儿们出手多大方！”这时候后面站着的观众一个个的拔腿就跑，变戏法的又高声叫：“这几位爷儿们不忙着跑啊，家里蒸着的窝头焦不了！”但是人还是差不多都跑光了。

从后门进来照直走，不远，右手有一家中兴号，本来是个绒线铺，实际上卖一切家用杂货，货物塞得满满的，生意茂盛。店主傅心精明强干，长袖善舞，交游广阔，是东安市场的一霸。绒线铺生意太好，他便在楼上开辟出一个“中兴茶楼”，在绒线铺中央安装一个又窄又陡的木梯，缘梯而上，直登茶楼。茶楼当然是卖茶，逛市场可以在此歇歇腿儿，也可以教伙计买各种零食送到楼上来，楼上还有几个雅座。傅掌柜的花样多，不久他卖起西餐来了。他对常来的茶客游说：“您尝尝我们的咖喱鸡，我现在就请您赏脸，求您品题，不算钱，您吃着好，以后多照顾。”一吃，果然不错。那时候在北平，吃西餐算时髦，一般人只知道咖喱的味道不错，不知道咖喱是什么东西，还以为咖喱是一种植物的果实，磨成粉就是咖喱粉，像咖啡豆之磨成咖啡那样。傅掌柜又说：“您吃着好，以后打个电话我们就送到府上，包管是滚热的，多给您带汤。”一块钱可以买四只小嫩鸡煮的整只咖喱鸡，一大锅汤。不久他又有了新猷：“您尝尝我们的牛扒。是从六国饭店请来的师傅。半生不熟的、外焦里嫩的、煎得熟透的，任凭你选择。”牛扒是北平的词儿，因为上海人读排为扒，北平人干脆写成为牛扒。“中兴茶楼”又拓展到对面的一层楼上，场面愈大，也学会了西车站食堂首创的奶油栗子粉。这一道甜点心，没人不欢迎，虽然我们中国的奶油品质差一点，打起来稀趴趴的不够坚实。

“中兴”的后身有两座楼，一个是丹桂商场，一个我忘了名字。这两座楼方形，中间是摊贩的空场，一个专卖七零八碎的小古董小玩意儿，一个是卖旧书。古董里可真有好东西，一座座玻璃罩的各种形式的座钟，虽然古老，煞是有趣。古钱币、鼻烟壶、珠宝景泰蓝等也不少。价钱没有一定，一般人不敢问津。北平特产的小宝剑小挎刀是非常可爱的。我在摊子上买到过一个硬木制的放风筝用的线桃子，连同老弦，用了多少年都没有坏，而且使用起来灵活可喜。我也在书摊上买到过好几部明刻本诗集，有一部铅字排的仇注杜诗随身携带至今，书页都变成焦黄色了。

斜对着“中兴”，有一家“葆荣斋”，卖西点，所做菠萝蛋糕、气鼓、咖啡糕等都还可以，只是粗糙一些，和法国面包房的东西不能比。老板姓氏不记得了，外号人称“二愣子”，有人说他是太监，是否属实不得而知。市场里后起的西点还有两家，“起士林”和“国强”，兼作冷饮小吃，年轻的人喜欢去吃点冰淇淋什么的。有一家“丰盛轩”酪铺，虽不及门框胡同的，在东城也算是够标准的了，好像比东四牌楼南大街的要高明些。

越过“起士林”往南走，是一片空地，疏疏落落的，有些草木，东头有一个集贤球房，远远的，可以听到辘辘响，那是保龄球，据说那里也有台球。我从来没有进去过。那个时代好像只有纨绔子弟或市井无赖才去那种地方玩耍。

逛市场到此也差不多了，出南门便是王府井大街，如有兴致可以在中原公司附近一家茶馆听白云鹏唱大鼓，刘宝全不在了，白云鹏还唱一气，老气横秋，韵味十足。那家茶馆设备好，每位客人占大沙发一个，小茶几一个，舒适至极。

听完大鼓，回头走，走到金鱼胡同口，“宝华春”的盒子菜是有名的，酱肘子没有西单天福的那样肥，可是一样的烂，熏鸡、酱肉、小肚、熏肘、香肠无一不精，各买一小包带回家去下酒卷饼，十分美妙。隔壁“天义顺酱园”在东城一带无人不知，糖蒜固然好，甜酱萝卜更耐人寻味，北平的萝卜（象牙白）品质好，脆嫩而水分少，而且加糖适度，不像日本的腌渍那样死甜，也不像保定府三宗宝之一的酱菜那样死咸。我每次到杭州我舅舅家去，少不了带点随身土物，一整块“宝华春”青酱肉，一大篓“大义顺”酱萝卜，外加一盆“月盛斋”酱羊肉，两个大苤蓝，两把炕笤帚。这几样东西可以代表北平风物之一斑。

现在的北平变了。最近去过的人回来报道说，东安市场的名字没有了，原来的模样也不存在，许多许多好吃好玩的事物也徒留在记忆里，只是那块地无恙。儿时流连的地方，悠闲享受的所在，均已去得无影无踪。仅仅三四十年的工夫，变化真大。